PLATTDEUTSCHE GESCHICHTEN

Wolfgang Mahnke

UPSCHNAPPT!

Plattdeutsche Geschichten

HINSTORFF

Die Deutsche Bibliothek verzeichnet diese Publikation in der Deutschen Nationalbibliografie; detaillierte bibliografische Daten sind im Internet über http://dnb.ddb.de abrufbar.

Lagerstraße 7, 18055 Rostock
Tel. 0381 / 4969 - 0
www.hinstorff.de

2. Auflage 2011
Herstellung: Hinstorff Verlag GmbH
Coverillustration: Carola Rong
Druck und Bindung: GGP Media GmbH, Pößneck
Printed in Germany
ISBN 978-3-356-01402-0

INHALT

BEDREIGEN IS IN!

Is ’n orrig Tiet her, dat mien Fru mi ’t Blatt unner dei Näs hüll un säd:

„Hest denn’ Leitartikel läst? Medikamentenskandal bi Schwienmast, Koteletts un Iesbein vullproppt mit Hormone un Antibiotika. Dei kamen bi uns nich mihr up ’n Disch. Ick lat mi doch nich von so’n Mastmafia vergiften!“

„Dat kümmt mi taupass“, gew ick tau Antwurt, „wo dei Dokter mi grad utdüd hett, dat mien Rieten in’e Knaken von ’t Schwienfleisch kümmt. Dat ’s tau fett. Oewer wat kümmt nu up ’n Töller?“

„Rindfleisch, Vadding“, säd sei, „Rindfleisch is mager un von dei Knaken kann ’k di ok noch ein schön Supp kaken.“

Hett gor nich lang duert, un wi harrn uns an dei Markknakensupp un Steaks mit Krüderbodder wennt un dat fett Schwienfleisch fix vergäten. Man dei Freud duerte nich lang. As ick denn’ Vörschlag makte, an’t Wochenend eins wedder Rindfleischsupp tau äten, säd mien Fru:

„Wisst du brägenklöt’rig warden? BSE is nu ok all bi Käuh in Mäkelborg faststellt worden. Nee, Rindfleisch ward nich mihr köfft, leiwer Wildfleisch mit wenig Fett, väl Mineralien un babentau is dat öko.“ Wi würden tau Leckertähns mit Hasenbraden, Hirschragout, Rehrüggen orer Wildschwienkül.

Wier twors dürer as Rindfleisch, oewer bannig gesund.

Ick wull disse Delikatessen ok mien Geburtsdagsgäst taukamen laten un wier grad dorbi, dat Menü tausamentaustell'n, as wi in't Radio hürten: „Tonnenweise Gammelfleisch bei Wildgroßhändler gefunden."

„Nu können s' uns eins mit ehr Halali an 'n Tüffel tuten. Wildbraden is out. Oewerhaupt, tauväl Fleisch is ungesund."

Dat duerte 'n Ogenblick, un denn frög mien Fru: „Dei Türkei liggt doch an't Middelmeer, orer?"

„Ja, oewer wotau wisst dat weiten?"

„Wotau? Ick hew in'e ‚Superillu' läst, dat Minschen von dat, wat sei dor äten, rank un schlank bliewen un gor nich weiten, wat 'n Herzinfarkt is. Bi uns giwt von hüt an Döner, un dei Tüffel braden wi in Olivenöl!"

Dei grugligen Berichte oewer denn' Hannel mit Gammelfleisch reten nich af. As rutkem, dat dit gräungäle Fleisch ok an Dönerproduzenten liefert worden wier, makte mien Hart 'n lütten Freudensprung, denn ick harr mi mit dat mediterrane Fauder nich so recht anfrünn'n künnt. Döner würden furtsen von uns' Spieskort sträken.

Man, wat nu? Mien Fru fünn fix ein Strategie:

„Vadder", säd sei, „ick segg blot ein Wurt, Geflügel, un vör uns liggt dat Schlaraffenland!"

Un nu brök ein herrlich Tiet an. In uns' Koek rök dat egal weg nah Antenbraden, Broiler, Fasanenbost, Häuhnersupp orer Spickgaus. Ick lickmünn hüt noch, wenn 'k dor an denk. Dit harr bät an mien Läwensend so wieder gahn künnt.

Oewer dor harr 'n Ul säten. As ick in'n Fernseh sehg, dat dode Schwaans von Lüd in Schutzantög insammelt würden un alls Fedderveih wägen Vagelgripp inspunnt warden müsst, wier mi klor, wohen nu dei Haas lopen würd.

„Je", säd mien Fru, „denn will'n wi man leiwer körter pedden un vör 't Ierst alls wat Feddern hett, nich köpen. Oewer dorüm möst denn' Kopp nich hängen laten. Mien Doktersch hett grad seggt: Äten S' man mihr Fisch, dormit Sei Omega-3-Fettsäuren in 'n Liew kriegen. Dei daun besonners öllerhaftig Lüd gaut."

Na, dormit künn ick läwen, wo ick Fisch so giern ät. Wat hebben wi denn an Fischkonserven, Filet, Frostfisch, Flunnern, Häkt un Hiering nah Hus schleppt!

Männig Fischgerichte hebben wi utprobiert, ahn dat s' uns oewer würden. As ick nu körtens mit 'n Nett vul Rökerfisch nah Hus kem, frög mien Fru:

„Hebben uns' Nahwers noch ehr Katten?"

Ick wüsst twors nich recht, wat dit bedüden süll, oewer ahnt hew ick nix Gaudes. Mien Fru wieste nah 't Blatt hen un dei Oewerschrift säd mi naug: „Gammelfisch-Skandal an der Küste!"

„Dat ok noch! Möten wi nu Vegetarier warden, Mudder?“

„Nee“, säd mien Fru mit Nahdruck, „dat kümmt nich in'e Tüt. Sei manipulier'n doch all langen Tiet an'e Gene von dei Tomaten un von 'n Mais rüm. Un wenn sei dat heimlich ok bi Wöddel un Bohnen orer Gurken un Salat makt hebben orer gor bi uns' Awt, kriegen wi womöglich gräun Hor. Ick trug nüms mihr oewern Weg.“

„Man wi möten doch wat äten. Sall'n wi nu hungrig tau Bedd gahn?“, frög ick verbast.

„Hungern? Nee, sowiet kümmt dat noch. Wi köpen wedder Rindfleisch. Up 'n bäten mihr orer weniger brägenklöt'rig kümmt dat bi uns Rentner doch nich mihr an!“

WENN DI MAN NICH IRRST!

Eins röp dei Düwel Petrus an
Un sprök mit em von Mann tau Mann:
„Weißt, wat hüt dei Bläder schriewen?
Väl Lüd will'n nich bi uns bliewen.
Sei sitten blot un tell'n dei Stunn,
Langwielig is 't, baben un unn'n!
Üm uns' Gesicht nich tau verlier'n,
Möten wi fix kooperier'n.
Wat dien un miene Gäst so fählt
Is, dat hier keinein Fautball spält!
Willn w' uns' Apen Zucker gäwen,
Mit ein Spill: Höll gägen Häwen?"
„Ein gaut Idee", seggt Petrus gliek,
„All warden s' kamen, arm un riek,
In dat Stadion ielig lopen
Un dei ollen Sprüche ropen.
Man ein Deil möt ick di noch seggen,
Du süsst di dat gaut oewerleggen.
Spitzenspäler, all tausamen,
Sünd tau mi in'n Häwen kamen.
Ji hew't dor woll nich väl tau mell'n
Säker ward'n wi denn' Sieger stell'n!"
Dunn lacht dei Düwel: „Du irrst di,
Dei Schiedsrichter sünd all bi mi!"

CENTERKLIEWEN

Bi't Veihtüch sall dat je Johrhunnerte duert hebben, bet dat sick alls so entwickelt hett, as dat hüt up'e Ierd rümlöppt. Bi'n Minschen schient dat fixer tau gahn. Hett blot 'n poor Johr duert, un ein Unnerort von'n *Homo sapiens*, dei *Homo sapiens centeriensis M.* (Centerkliew) wier dor.

As DDR-Börger güngen wi in'e Kophall un halten uns, wat wi brukten. Nu gahn wi tau't Inköpen in ein Center. Männigweck von dei sünd so grot, dat 'n sick in verlopen kann. Bäten lütter is uns' Südstadt-Center. Unner't Dack giwt: Dokters, Sporkass, Post, Rewe, Penny, drei Bäcker, Drogerie, Fotopoint, Schauster, Toiletten, Aptheik, Optiker, Reinigung, Allianz-Versicherung, Kleedershop „kik", Computer-, Klocken-, Kees-, Tee- un Blaumenladen. Ein poor anner Händler kamen von Tiet tau Tiet mit Bäuker, Unnerwäsch, Biller un all sowat. Wat 'n süss noch brukt, kann 'n tweimal in'e Woch vör't Center, up 'n Markt köpen. All Ladens liggen dicht biein. Alls is oewersichtlich. Bi lütten kennt 'n ok dei mihrsten Inköper. Dei arbeiten ehr Zettels af, schnacken noch 'n bäten un gahn mit vullproppt Plastetüten nah Hus.

Bi dei Centerkliewen is dat nich so. Wenn anner Minschen sick morgens an 'n Kaffeedisch setten, stahn sei all in ehr Stäwel. Sei hebben dei Loperie nah't Center up twei Weg reduziert: Morgens hen un abends trügg.

Beielen möten sei sick nich, dei Kliewenkrink höllt in ein von dei Kaffeecken bi'n Bäcker, Fleischer orer an'e Keesthek för ehr Mitglieder ümmer 'n Platz frie. Centerkliewen kenn'n sick un holl'n tausamen. Sei hebben alls, wat sei bruken, unner ein Dack: Unnerhollung, Äten un Drinken. In't Center is 't warm un drög. Kippt einer von'n Stauhl, könn s' em gliek bi'n Dokter afliefern. Ward dat Geld knapp, in'e Sporkass könn s' nahbunkern. Af un an gahn sei tau't Schmöken orer up 'n Bier orer 'n Buddel Schluck unner dei Böm vör 't Center. Duert oewer nich langen, denn sitten sei wedder in ehre Stammecken.

Is tämlich genial, wurans un wohen sick dei Centerkliewen entwickelt hebben. Wofför dei mihrsten Minschen väl Geld utgäwen, is von ehr List sträken: Zoobesäuk, Urlaub un Reisen orer Auto un Benzin. Na, ja, Sei weiten je sülben, wat dat all för Geld kost. Denken S' blot eins an 't Kleederköpen! Wenn tau'n Bispill dei Büxen von Centerkliewen dörchschüert sünd, köpen sei sick bi „kik" niege, trecken sick in'e Kabin üm un schmieten dei oll'n in'n Papierkorf. Kein Loperie, kein Versandhusgebühr, kein Stratenbahngeld, nix. Un noch wat: Centerkliewen sporen jeden Dag bannig bi Heizung, Licht, Gas un Wader!

Nu glöwen Sei man nich, dat blot Rentner Centerkliewen sünd, nee dor sitten ok väle Jungsche mank; dei Arbeitslosigkeit makt 't möglich. Frugens süht 'n ok eins twüschen dei Kierls.

Alls is friewillig. Jederein kann denn' Krink biträden orer em verlaten, so, as hei dat will. Keinein ward tau wat dwungen. Dat heit, ganz stimmt dat nich, denn ein Deil möten sei doch maken: Abends Fernseh kieken, süss hebben sei annern Dag je nix tau diskutier'n.

EIN „DENKZETTEL“ FÖR MAX

Rentner Max, ut uns' Hus, wüsst blot von ein Sak wat af: Schnäppchen. Wenn hei di tau faten kreg, egal wo, vör dei Husdör, bi'n Tähn'npurrer, in'e Apteik orer Stratenbahn, wier dei nehgst Stunn lopen. Nich blot, dat hei uptellte, wecker Schnäppchen hei grad wedder bi Netto, Penny, Plus orer Norma ut dei Regale un Grawwelkisten treckt harr, nee, du müsst di ok noch anhür'n, woans hei dor up kamen wier.

„Weisst du, woans ick dat mak? Ick sammel dei Woch oewer all dei Zeitungsbilagen un sünndags noch dei von'n ‚Blitz'. Dei legg ick up unsen groten Disch in'e Wahnstuw un dortau mien Handwarkstüg: Taschenräkner, Bliefedder, Notizblock un Otto-Katalog. Nu heit dat: vergliеken, vergliеken, vergliеken! Bi Läwensmittel hest bald rut, wat 'n Schnäppchen is, oewer bi grote Saken, as Bohrmaschin, Fernseh orer Computer möst 'n Orientierung hebben, dorüm dei Katalog. Wenn du denn weißt, wo un an weckern Dag, Wust, Banan'n, Wien orer Handwarkstüg orrig unner 'n normalen Pries liggen, kannst dien Schnäppchen-Tour fastlegg'n. In twei, drei Stunn büst mit dörch, wieldat bi uns je binah an jed' Eck 'n Kophall liggt.“

As ick dei Verklorung oewer mi ergahn laten müsst, makte Max an disse Stell 'n Paus, hei wull Luft halen. Ick nuschelte wat von Doktertermin un neihte ut. Oewer dei Strat röp hei mi nah:

„För dei Tour möst oewer dat Fohrrad nähmen, mit 't Auto räkent sick dat nich. Früh upstahn möst ok, süss hebben anner Lüd di alls vör dei Näs wegköfft!"

Dit harr Max ok Franz un Gerd vertellt un nich blot ein Mal. Dei beiden Rentner harrn sick up ehr oll'n Daag Computers tauleggt un künn'n intwüschen bannig gaut dormit ümgahn. Gerd harr noch ein tweit Hobby. Mit sien Digitalkamera knipste hei schöne Biller, dei hei up 'n PC noch bäten in Fassong bröchte un nahst sülwen utdruckte. As Max dei beiden wedder eins mit sienen Schnäppchenkram drangsalier'n wull, wimmelten sei em fix af. Sei sett'n sick up dei Bänk bi'n Spälplatz un heckten dor ehr'n Plan ut, blot sei beid, kein anner wüsst wat von.

Sei keken sick ein Kophall ut, wo Max besonners giern inköpen ded. Franz scannte dei Zeitungsbilag von disse Hall in'n PC un Gerd güng bi, mit Hülp von sien Bildbearbeitungs-Programm, dei Sieden tau verännern. Hei sett'e bi dei Läwensmittel denn' einen orer annern Pries orrig wat dal un schrew „Ut uns' Warbung!" näben. Up dei letzt Siet makte hei ut einen lütten, elektrischen Backaben ein'n Flachbild-Fernseh mit dei Unnerschrift: 32 Toll Panatronik tau 'n Superpries, 249,99 Euro, blot an'n Mandag. Mit Papier un Druck harrn sei ierst ehr Daun, oewer denn kregen sei dat ok hen. Poor Daag späder leg dei nahmakt Bilag up 'n Disch.

Nu künn'n sei Max ehren „Denkzettel" verpassen. Dei Tausteller, wecker ümmer sünndags denn' Blitz bröchte, schlög dei Zeitungen einmal tausamen un stäkte sei blot in'n Schlitz. Ut all dei Breiwkästen kek denn noch 'n gaut Stück rut. So makte hei dat ok dissen Sünndag. Franz, dei all achter dei Husdör täuwt harr, trök denn' Blitz ut Max sienen Kasten, wesselte dei Bilag ut un stök em fix wedder trügg. Denn güng hei tau dei Bänk, wo Gerd all set un wieste mit 'n Dumen nah baben. Ogenblick späder schlarpte Max oewer 'n Treppenflur tau sienen Breiwkasten un verschwünn mit dei Sünndagszeitung.

Annern Dag halte Max all halwig acht sien Rad ut 'n Keller. An'n Lenker bammelte nich dat Schnäppchen-Nett, nee, Max harr hüt 'n Rucksack up 'n Rüggen. As Franz un Gerd in dei Kophall kemen, wier dor all 'n dächten Striet in Gang. Max wier, dei Bilag in'e Hand, von Regal tau Regal lopen, harr oewer kein „Schnäppchen" in funn'n. Ierst putzte hei dei Kassiererin af un denn güng hei up denn' Filialleiter dal: „Ehr Laden hier is noch nich eins fief Minuten up un ick kann keinein Produkt ‚Ut uns' Warbung!' mihr finn'n! Un wo sünd dei Panatronik-Fernseh? Dei hebben S' sick woll unnern Nagel räten un an Sei Ehr Fründschaft verschutert! Na, dit ward ein Nahspill hebben, dor können S' sick up verlaten!"

„Nu man ümmer sachten", säd sien Gägenoewer, „Sei hebben woll 'n oll Blatt tau faten krägen, denn wi hebben disse Woch kein'n Fernseh in 't Angebot, un …"

„Nich mit mi!" schreg Max, dei all 'n hochroden Kopp harr un mit 'n Handrüggen up dat Blatt schlög. „Hier steiht schwatt up witt: ‚Superpries, 249,99 Euro, blot an'n Mandag' un dat Datum stimmt ok!"

Dei Filialleiter bögte sick tau Max roewer, kek sick dat Blatt an, verglek dat mit sien un säd:

„Dat Datum stimmt twors, alls anner nich. Süht as echt ut, is oewer nahmakt. Je, bi dei Technik hütigendags kann 't jederein, dei 'n Computer hett. Ick denk, dor will Sei einer rinleggen."

Nu ierst güng Max 'n Licht up. Hei knüllte dei Bilag tausamen, stäkte sei in'e Büxentasch un güng ahn ein Wurt tau seggen ut dei Hall.

Franz un Gerd vertellten sick wat vör dei Husdör, as ick up tau kem.

„Dit dröppt sick gaut," säd ick, „weit Ji, wat mit Max los is? Hei ward doch woll nich krank sin? Achter dei Schnäppchen jagd hei nich mihr an, spräkt kum noch mit mi un kickt mi niegerdings so schulsch an."

„Di ok? Na, villicht ward hei wunnerlich, dat Öller dortau hett hei je", antwurt mi Gerd.

Dei beid hebben Johre lang dichtholl'n. Ierst as wi bi 't Husfest tauhop seten, kemen sei mit dei Wohrheit rut. Dunn wier Max oewer all langen Tiet nah ein Seniorenheim ümtreckt.

SPORSAM

Karierte Röck un nakte Bein,
Dat harr ick bi dei Mannslüd seihn,
As dunnmals ick in Schottland wier.
Nu oewer set so'n Kierlsminsch hier
In'n Wagen von dei Dütsche Bahn,
Sien Reis süll nah Berlin hen gahn.

As hei mi dit un dat vertellt,
Hew ick noch ein poor Fragen stellt.
Un ganz tau'n Schluss harr 'k denn giern wüsst:
„Sünd S' deinstlich hier orer Tourist?"
„Nee, nee", säd hei un strakt sien'n Bort,
„ick bün hier up mien Hochtietsfohrt."
Verwunnert fragte ick em nu:
„Ach nee, un wo is Sei Ehr Fru?"
„Dei is tau Hus, ick reis allein,
sei hett Berlin je all eins seihn!"

GAUDE RATSCHLÄG

In uns' Hus wahnen mihrst öllere Lüd, Rentner. Dor, wur weck rutstorwen sünd, treckten ok eins poor Jungsche rin, oewer nich väl. Noch is dat bi uns in'n „Block" so as tau DDR-Tieden, ein helpt denn' annern un wat uns up 't Hart liggt, dat vertell'n wi ok. Dorher wüssten uns' Nahwers all langen, dat mien Fru ein nieg Hüftgelenk kriegen süll.

As wi körtens ut dei Husdör kemen, sehg ick Fru Kalettka bi dei Mülltunn'n hantier'n. Noch ihrer ick mien Fru wohrschugen künn, harr sei uns in Ogenschien nahmen.

Un weckein dat nich weit: Kalettkasch hürt alls, weit alls, süht alls un löt di nich ut'e Finger, bevör sei dat nich losworden is. Sei kreg mien Fru an'n Arm tau faten un frög:

„Na, wann sall 't denn los gahn un wur sall dat makt warden?"

Denn schlög sei ehr Hänn vör 't Mul un röp:

„Wat Sei nich seggen, hier bi uns? Oh Gott, oh Gott, oh Gott! Hebben Sei sick dat gaut oewerleggt? Hier giwt je blot Chirurgen, dei ümmertau an'e Unfallpatienten rümschnippel'n. Wat weiten dei von ein Hüft-OP? Sei möten hengahn, wur Orthopäden an't Wark sünd. Nee, dat wür 'k mi an Sei Ehr Stell oewer noch eins bedenken. Un wat ick noch seggen wull, nich ahn Bedüdung is je nahst ok, in wecker

Reha Sei kamen. Laten S' sick blot nich hier in'e Nehg inwiesen. Wenn 't geiht, orrig wat wiet weg, mientwägen in't Allgäu. Dor können S' Sei Ehr'n Mann mit hen nähmen un gliek 'n bäten Urlaub maken. Dei in'e Kass leggen sick bi so'n Andrag männigmal wat quer, oewer wenn sei 'n Schien roewerlang'n, künn 't wat warden. Dor möten S' sick nix bi denken, ward hüt doch oewerall so makt, kieken S' blot eins in 't Blatt."

Kalettkasch Zackerellen harr mien Fru so verbast, dat s' gor nich antwurt'n künn. Dit kem mi tau Pass. Ick tröck mien Fru an denn' Arm, denn' Kalettkasch grad loslaten harr, un säd:

„Hartlichen Dank för dei gauden Ratschläg, Fru Kalettka un tschüß ok!"

As wi bäten späder in't Bäckercafé seten un mien Fru nahdenkern an ehr Tass nippte, künn ick blot seggen:

„Du warst di doch woll kein Gedanken oewer dat Gedrön von dei oll Zausterlies maken? Ut eigen Erfohrung spräkt s' nich, denn wat sei vertellt, hett s' ok blot upschnappt. Wat weit dei, wecker Klinik för so'n OP dei Best is? Oewer dien Dokters weiten 't un dor holl di an!"

Un so is dat denn ok kamen, kein Maless bi dei Operation un in'e Reha hett mien Fru fix wedder dat Lopen lihrt. Man mit ehr Stöck müsst sei noch ein Tiet lang gahn.

Jüst, as wi tau't ierst Mal miteinanner up 'n Weg nah dei Kophall wiern, kem uns Kalettkasch wedder in'e Quer. Sei stünn as 'n Pahl midden up 'n Weg, dor wier kein Vörbikamen:

„Na, dat süht doch gaut ut, Sei lopen je all as 'n Wiesel. Un wur is dat makt worden? Ach, kiek an, hier bi uns in'e Klinik. Dor hebben S' oewer Glück hadd, dat Sei nich woanners henkamen sünd, man weit je intwüschen so Dit un Dat. Hier sünd Sei würklich in gaud' Hänn wäst. Dat hürt 'n ümmer wedder, Chirurgen hebben äben mihr Erfohrung as Orthopäden, dei ümmer dat Sülwig maken. Un mit dei Reha wiern S' ok taufräden? Ach, dor sünd Sei wäst. Dat 's je gliek üm'e Eck. Man gaut, dat dei Kass mitspält hett. Wenn 'n wiet weg kümmt, hett 'n je ümmer Arger mit Blaumengeiten un all sowat. Ja, kieken S', dat hett nu Sei Ehr Mann makt un Sei müssten kein frömd Lüd in'e Wahnung laten. Nee, blot dat nich, man weit je nie nich, wurans dat utgahn kann un …"

Ick sehg, dat mien Fru bi Kalettkasch ehr Räd 'n Schien blasser worden wier un deip Luft halte. Irgendwat müsst passier'n, dormit dat, wat s' up'e Tung harr, nich oewer ehr Lippen kem. Ick wüsst mi nich anners tau helpen un knep ehr in'e Rippen. Weihdag harr sei dorvon nich, oewer sei let dei Luft af un kek mi fragwies an. An 'n Arm griepen un wegtrecken, as vör ein'n Mand, güng nu je ok nich, wieldat sei up Krücken stünn.

Mien Gedank wier, fix von Dokters un Kliniken weg, süss giwt dat noch Arger. Un dat geiht bi Fru Kalettka mit Hunn. Siet ehr Mann bi 'n Unfall ümkamen is, hett sei so'n lütten Struppi un löppt mit em an'e Lien bi jedein Wäder üm dei Hüser.

„Struppi höllt Sei oewer in'n Draff", un mihr wier nich nödig. Kalettkasch grep denn' Faden up, füng an tau vertell'n, wat dat för 'n klauken Hund wier, kem oewer nich väl wieder, denn nu säd mien Fu:

„Verteilln S' uns dat 'n anner Mal, mi föllt dat lang' Stahn noch schwer. Schüßing, bet wi uns eins wedder seihn!" Un as wi all orrig ein Stück weg wiern:

„Wat drönt dei Fru för 'n dumm Tüg tausamen, wenn dor nu einer up hürt ..."

DEI „HACKER“ KREG ’N HERZINFARKT

Dat Handycam HC7 von Nokia harr sick 2020 weltwiet dörchset. Sehg binah as dat olle Klapphandy NOK 6131 ut, wier oewer ’n poor Zentimeter länger un in dei Schaniere set dat 320 x Zoom-Objektiv för denn’ 14 Megapixel Camcorder. Dei Pries för dat Multifunction-Tool leg nu bi 190 Euro, dat heit, binah jederein harr so’n Handycam. Alls, wat an Kommunikations-Technik in’e letzten Johr up ’n Markt kamen wier, stök in dat HC7. Bi’t Telefonier’n kek man nu up ’t Display, üm sienen Spräkpartner tau seihn un tau hür’n, wat dei an’n Nurdpol orer in’n afrikanschen Busch spazieren güng. Ein Besonnerheit wier dei HC7-Holder. Denn’ künn’ Tauhus oewerall henstell’n. Stök dat Handycam in’t Gerät, würd dei Camcorder aktiviert un gliek stünn oewer denn’ Centralrouter dei Verbinnung tau’t Internet. Man künn denn’ Fernseh mit upschalten un sick gägensietig live taukieken, wat ’n grad makte. Väl Lüd müchten dat twors, oewer nich ümmertau. Dorüm künn dei Holder afschalt un blot mit ’n Wiesfinger von’n Eigentümer wedder aktiviert warden. Dit System wier von dei Nokia-Lüd figeliensch uttüftelt worden. So künn keinein wat seihn ahn Taustimmung von’n annern.

Jim Goodway harr as Frontman von dei Green Devils väl Money makt, orrig wat dorvon dörch Kähl un Adern jagd, man noch wier dorvon naug oewer, üm as Middsösstiger ahn Sorgen tau läwen. Nu set hei dei mihrst Tiet an'n Computer un surfte in't Internet. Middewiel wier hei deip in dat System indrungen un harr sick tau'n „Hacker" entwickelt. Sien Fründin Cat Blackwood wüsst nix von disse Leidenschaft af. Sei harr Jim bi ein Rock-Kunzert kenn'nlihrt un fünn em un sien Konto passabel. Sei löt sick mit em in, denn sei wier nich gaut bi Kass, wier froh, wenn hei ehr dat ein orer anner Geschenk makte un hei ehr bi dei välen Partys friehollen ded. Dorför güng sei einmal in'e Woch mit em in 't Bedd. Hei hüll dat för Leiw, sei nich. Jim harr johrelang dei Frugens wesselt un dorbi sien Pulver verschaten. Nu let hei dat sacht angahn. Cat harr sick dorup instellt un spälte em ümmer 'n bäten Orgasmus vör. Jim makte dat bannig stolt. Disse Sexsymbios güng nu in 't sösste Johr.

An ein'n Septembermorgen harr Jim twei HC7 in'e Hand. Ein gew hei Cat un säd:

„Wenn wi will'n, könn'n wi von hüt an 24 Stunn miteinanner verbunn'n sin." Cat nähm dat HC7, wüsst oewer, dat s' em dissen Wunsch nich erfüll'n würd, denn männigein Nacht kem Luigi tau ehr, ein füerig Südlänner, dei twors in Schottland burn, sien Wöddel oewer in Sizilien harr. Wenn dei rothorig Cat sick Luigi hengew, läwten beid ehren Sex vull ut. Ofteins markte sei nich, dat sei vör Wollust tau schriegen anfüng, un hei wüsst denn, dat sei nu beid gliek in'n soewten Häwen wiern. Männigmal halte sei ierst dat Kloppen von'n Nawer an dei Schlapkamerwand wedder von dei rosa Wulken dal.

Jim ahnte dorvon nix. Hei meinte, dat Cat em allein tau hürte. Af un an grüwelte hei oewer nah, wat sei woll drew, wenn s' nich bi em wier. An einen Friedag, Cat harr nich bi em bliewen wullt, versöchte hei ümmer wedder ein Verbinnung tau Cats Handycam tau kriegen, oewer dat wier ut.

Nu rögte sick dat Hackerblaud in sien Adern. Dit wier je wat, wenn hei 't fardig kriegen würd, dat Handycam-Sperr-System tau knacken. Nah twei Stunn Arbeit kreg hei ein unsäker Stell tau faten un künn Cats HC7 inschalten. Dat stünn in'n Schlaprum un hei sehg, dat sei heiten Sex mit 'n schwatthorigen jungschen Kierl harr. As sei nu anfüng tau schriegen, fäuhlte hei 'n Stich in sien Hart un grep sick an'e Bost. Hei torkelte up 'n Schriewdisch tau, wo in'e unnerst Schuwlad sien Testament leg. Hei müsst dat furts in 'n Kamin schmieten, denn süss kreg Cat sien Vermögen. Middenmal würd em schwatt vör Ogen, kort vör 'n Schriewdisch sackte hei tausamen, föl up 'n Teppich un rögte sick nich mihr.

„Herzinfarkt", säd dei Dokter, denn' Jims Reinmakersch ranropen harr, „gistern abend, so üm dei Geisterstunn rüm."

SO ORER SO?

Tauierst wier sei ein leiwe Diern
Un harr ok Hannes würklich giern.
Denn oewer kreg sei woll ehr Nücken,
Würd giern an Hannes rümmerplücken.
Wat hei ok ded, ehr wier ’t nich recht.
Sei lamentiert: „Hei kriggt nix trecht
In Hus un Hoff un ok in’t Bedd,
Wenn hei wat ansett, denn blot Fett!“
Alls, wat sei säd, wier mihrst ahn Witz,
Ehr Hut würd gries, ehr Näs würd spitz.
Denn eet sei blot noch schmale Kost
Un ümmer flacher würd ehr Bost.
Dat einst so dralle Buernwiew,
Würd ümmer spaker üm ehr’n Liew.

Man Hannes drög dat mit Geduld,
Denn em dröp würklich keine Schuld.
Harr hei von ehr Gedrön eins naug,
Denn güng hei röwer in denn’ Kraug.

Hüt späulte hei sick weddermal
Sien’n Arger mit poor Bier hendal.
Kümmt spät entlang dei Strat tau gahn
Un süht wat vör sien Wahnhus stahn.
Dit kümmt em orrig gruglig vör,
Ein Hex, dei steiht dor vör sien Dör.

Man as hei bäten neger kümmt,
Dat Hexendiert Gestalt annümmt.
Un Hannes kickt un süht je nu,
Dei mit denn' Bessen is sien Fru.
Dat Angstgefäuhl verlött sien'n Liew,
Bierseelig fröcht hei nu sien Wiew:
„Mien Diern, dei Klock geiht sacht up teigen,
Wisst hüt noch fägen orer fleigen?"

DEI UPRECHTE GANG

Wi Minschen gahn uprecht. Woans wi tau dissen Gang kamen sünd, is ok bi dei Studierten ümmer noch nich ganz klor: Weck seggen, dat dei leiw Gott em uns schenkt hett, anner vermauden, dat sick dat oewer Johrmillionen so hendarwiniert hett. Wat sall 't, Hauptsak is je, dat wi so gahn.

Is dat nich 'n wunnerboren Anblick, wenn so 'n langbeinig Frugensminsch up di taukümmt un bi jedein Schritt ehr dei Hor üm denn' Kopp weigen un dei Bussen in ehr Blus up un dal hüppt? Du bliwst as fastmuert stahn un kickst ehr achterher, wieldat du seihn wisst, wur ehr Hinnelsten in dei knaschen Jeans rhythmisch tau ehren Gang danzt. Klor, süht ok gaut ut, wenn 'n statsch Kierl oewer dei Strat geiht, man … na, laten wi dat. Utnahmen giwt natürlich ok. Wenn ein' mit Plattfäut oewer dei Krüzung löppt, süht dat ihrer ut, as wenn 'n Pinguin oewer 't Ies wiwaggt. Doch dat is je nich dei Rägel.

Obschonst dei uprechte Gang bi jedein'n von uns Minschen in dei Gene sitt, kriegen w' em nich tau'n Null-Tarif. Dor möt düchtig wat dan warden, bet wi uns mit em utkenn'n. Von't Krabbeln oewer dei iersten tappigen Schräd bet tau't ielig Lopen, alls ward in unsen Brägen registriert un nahst automatisiert. Un disse Automatik stüert denn späder unsen Gang. Hülp kriggt sei von dat Gliekgewichtsorgan, oewer ok von Ogen, Uhren un Näs. Wenn 't mit disse Hülp eins nich so löppt, giwt liekers kein Maless, denn in so'n Fall schalt dei Brägen up Autopilot üm.

Bi Kurt-Günter Rönnpagel, oewerall blot as „Günti" bekannt, kümmt dei Autopilot öfters tau'n Insatz. In sien lütt Siedlungshus an'n Stadtrand täuwt keinein up em. Wenn hei friedags sien Büro achter sick afschlütt, nimmt hei männigmal Kurs up denn' „Poggenkraug". An't Äten sport hei dor, bi't Drinken nich, un dei Kräuger weit, Günti kriggt ein Bockwust mit Brot un in dei nehgsten drei Stunn nägen Bier un Kurn. Wenn hei dei letzt Lag serviert hett, halt hei sick ut Güntis linke Jackentasch sien'n Salär rut. Dat sünd ümmer twei blage Schiens, dei Rönnpagel all in't Büro in dei Tasch stäkt. Kiek eins, hei schlöggt Vörpahl, wenn 't nah denn' Poggenkraug geiht. Dat 's ok nödig, denn von Lag tau Lag ward dat leeger mit sien Wohrnähmung. Un wenn hei sick denn up 'n Husweg maken will, hett sien Brägen all langen faststellt: Up Rönnpagels Sinnen is wedder eins kein Verlat mihr un hei schalt denn' Autopiloten in.

Denn flüggt dei Kneipendör up, Günti wankt oewer 'n Süll un schrägelt dei drei Stuften bet tau'n Fautweg dal. Hei kriggt binah dat Oewergewicht un wier woll up'n Buk land, wenn dei Autopilot em nich tau Höcht räten harr. Sien Arm raudern in'e Luft rüm, hei makt 'n poor Schräd nah achtern, fäng sick wedder un stüert up denn' Pahl von dei Stratenlücht vör sien Husdör tau. Dat sünd gaut dreihunnert Meter un dei Autopilot möt alls ut sick ruthalen, üm ein Bewägungsort tau improvisier'n, dei Günti twors vörwarts bringt, oewer mit 'n uprechten Gang nich mihr väl tau daun hett.

Dat is je all bi 'n nüchtern Minschen ein Heidenarbeit dei 206 Skelettknaken mit ehr Gelenke un Schaniere dörch Muskel, Bänner un Sehnen so tau dirigier'n, dat wat Schickliches bi rut kümmt. Wurväl mihr Kraft kost dat, wenn einer dun is!

Günti torkelt oewer denn' Fautweg von ein Siet nah dei anner. Eins schrapt hei rechtsch an'e Böm lang, denn linksch an denn' Jägertun von'e Schrebergorns.

Dorbi is em sien Mütz all verlüstig gahn un ok dei Patt von ein Jackentasch.

Dei Autopilot sett alls ran, dat hei nich stolpert un henföllt. Ahn frömd Hülp wier denn kein Wiederkamen. As hei in denn' Lichtkägel von dei Lücht vör sien Hus schwankt, grippt Günti instinktiv mit sien Hänn üm sick un kriggt doch wohrhaftig denn' Pahl tau faten. Hei treckt sien'n Liew nah em ran, ward dei Arm üm em leggen un bliwt 'n Ogenblick stahn. Kum tau glöwen, man hei möt mitkrägen hebben, wecker em hier Holt giwt. Hei strakt denn' Pahl, grient em an un spiegt sick dorbi up 't Revers. Denn kickt hei mit sien glasig Krutschenogen in'e Runn, lett Pahl Pahl sin, stört piel up sien Husdör tau, föllt mihr as hei geiht dei Stuften rup un kriggt grad noch denn' Drücker tau faten. Verschnuwen kann hei nich mihr, denn sien Kraft lett nah. Hei treckt mit grot Mäuh denn' Husdör'nschlöttel ut sien recht Büxentasch un find, woll mihr taufällig, ok dat Schlott. Dei Dör föllt achter em tau, dei Schlöttel klöddern up dei Fliesen. As hei in sien Schlapstuw torkelt, ströpt hei sick noch dei Jack af un föllt as 'n afsagt Bom, quer oewer 't Bedd. Dei Arm un Fäut bammeln noch, as dei Brägen denn' Autopiloten utschalt. Sien Mission is tau End un Günti up 'n Plutz inschlapen.

Mandagmorgen ward Kurt-Günter Rönnpagel, villicht mit dat ein orer anner Plaster an'n Kopp, in'n Draff tau't Büro lopen un so daun, as wenn nix wäst wier. Dat hei in'n Dunas unsen uprechten Gang verrungeniert, sick tau'n Apen makt un so sien'n Herrgott orer dei Evolution mit dei Fust in 't Gesicht schlan hett, kümmt em nich in'n Sinn. Sien Nahwers süll'n em dat eins verkloren.

WEISST, WAT KOMAFRÄTEN IS?

Dei Dokter harr ein Kur för mi beandragt. Man dei Kass wull nich recht ran, wieldat dei Operation gaut lopen wier un „Verschleißerscheinungen" in mien Öller normal sünd. Ok ein „Inspruch" würd aflähnt. Dit vertellte ick Friedrich un ok, dat ick up ein Kur bestahn wull. Dei sett'e sien „Ick-weit-Bescheid-Mien" up un säd: „Dor luer man up. Bevör du von'e Kass ein Kur kriggst, liggst all langen unner dei Wrausen! Mit soebentig büst afschräwen, in di ‚investiert' keinein mihr. Wenn du kannst, möst sülben Vörpahl schlan, süss geihst vör dei Hunn. Mak mit dien Fru man ein Kur in Polen, so as Erna un ick dat Johr för Johr daun, dat ward juch bekamen."

„Friedrich hett recht", säd mien Fru, „lat uns nah Polen führen. Ick hew bether blot Gaud's von so'n Kurreisen hürt."

Also hebben wi uns ein lütt Pension in Kolberg utsöcht. An ein'n Sünnabend, halwig söss in'e Früh, wenn 't in'n Lenzmand noch bannig düster is, stünnen wi mit uns' Kufferts an dei Stell, wo wi taustiegen süllen. Dei Bus wier pünktlich, oewer binah leddig. Dei Fohrer säd, dat dei mihrsten Gäst ierst unnerwägens taustiegen würden. Ümmer, wenn hei nieg Lüd insammeln ded, gew 't 'n bannig Hallo: „Ji ok wedder mit bi? Is dat schön! Wo steiht dei Korf? Dor up möten w' ein'n tau Bost nähmen!"

Nu ierst kregen wi mit, dat dei Korf mit dei lütten Buddels näben denn' Fohrersitz stünn. Un wi künn'n ruthür'n, dat weck all dat föft orer gor sösst Mal nah Kolberg führten un künn'n ok faststell'n, dat sei all gaut oewern Winter kamen wiern. Kort nah elben höl dei Bus vör uns' Pension.

Dat möt ein dei Polen laten, organisier'n können s'. Kuffertransport, Anmellung, Geldwessel un wat süss noch, alls löp akerat af, as 'n Klockenwark. Ogenblick späder harrn wi unsen Schlötel, künn'n uns dat gemütlich maken un 'n bäten utraugen.

Denn gew 't Abendbrot. Dei Ätenrum wier drangenvull un von't Büfett nich väl tau seihn. Dorvör drängten sick dei Kurgäst un schüppten alls, wat sei an Spiesen griepen künn'n, up ehr Töllers, as wenn s' kort vör't Verhungern wiern. Na, hew ick dacht, dat sünd all Minschen von'n Lann, dei könn'n väl un kräftig Äten af, dei Reis wier lang un tau Middag hebben w' je nix krägen. Oewer as sei noch ein tweit un gor drüdd Mal mit vull Töllers von't Büfett trügg kemen, kreg ick dat Grüweln. Mien Fru harr dat mitkrägen un säd: „Lat dat man ierst Mandag warden. Wenn denn dei Kur richtig anfängt, süht dei Welt anners ut. Ick hew nah denn' stressigen Dag ok Heithunger. Un bi so'n grot Utwahl äten dei Ogen ofteins mit."

Oewer an'n Mandag un ok an all dei annern Daag blew dat so bi. Kum harr dei Bedeinung nieg Platten up 't Büfett stellt, wiern s' ok all wedder leddig. Von't

Komadrinken harr ick je all wat hürt, oewer von't Komafräten? Man dormit nich naug! As ick tau ein Unnerwadermassasch wull, seten dor all twei Patienten. Ein frög denn' annern: „Wurväl hest gistern hadd? Ick bün up söss kamen!" Ick täuwte dei Antwurt nich af un frög:

„Sei hebben sick woll noch Behandlungen tauköfft, denn süss giwt doch blot twei an'n Dag?"

Mitledig keken sei mi an un verklorten mi, dat sei oewer dei Lagen von dat Tschechisch Bier un denn' Polnschen Wodka spraken harrn. Ja, dat Restaurant in uns' Pension makte woll 'n gauden Schnitt, abends wier dor von halwig soeben an kein Platz mihr tau kriegen. As ick mi an'n letzten Kurdag noch eins in dei Schwemmhall orrig uttowen wull, dröp ick unsen Dischnahwer. „Wohen denn so ielig?", frög hei, „hüt giwt doch kein Behandlungen mihr!" As hei mitkreg, dat ick in'e Schwemmhall wull, schürköppte hei un säd för sick hen: „Nu reis ick all dat vierte Mal in disse Pension, oewer dat 't hier ein Schwemmhall giwt, bün 'k bether nich gewohr worden."

Dorbi harr hei oft ganz in'e Nehg von dei Hall setten, dei grad gägen dat Restaurant an leg. As wi wedder in'n Bus seten, säd hei tau sien Fru:

„Ward höchst Tiet, dat wi nah Hus kamen, mi passt dei Büx nich mihr!" So'n Sorgen harrn wi nich. Wi harrn afnahmen: Kann 't sin, dat wi 't mit dei Kur gor tau iernst nahmen harrn?

DOR MÖT OEWER EINER IERST UP KAMEN!

An dissen Morgen wier in'e Sporkass nich väl Kundschaft tau seihn. Dor, wur dat Schild „Service" oewer denn' Kopp von ein noch tämlich jungsche Bänkkopfru hüng, stünn'n blot ein öllerig Kirl un ick.

„Wat kann ick för Sei daun?", röp sei em von dat Schild „Diskretion" nehger nah denn' Schalter ran. Hei wier woll nich mihr ganz wacht up sien Uhren, denn as hei ehr gägenoewer stünn, säd hei tämlich lut:

„Ick will mi eins beschwerden!" Dat Bänkfräulein stellte sick up sien Tonlag in un nu kreg jederein in'e Sporkass mit:

„Wo oewer will'n Sei sick denn beschwerden?"

„Oewer denn' Geldautomaten dor." Un hei wieste mit dei Hand nah 'n Ingang.

„Ach, geiht dei wedder nich?"

„Doch."

„Sei könn'n woll nich mit em ümgahn?"

„Doch."

„Hebben S' kein Geld krägen?"

„Doch."

„Ja, denn weit ick gor nich, wo oewer …"

„Dat will' k Sei je grad seggen. Ut denn' Automaten kümmt dat Geld verkiehrt rüm rut!"

„Woans verkiehrt rüm?"

„Dei Tahlen up dei Schiens stahn up 'n Kopp. Ick kann sei nich läsen!"

„Dat is doch egal, an'e Farw von dei Schiens kann 'n doch seihn, wecker dat sünd."

„Dor ward kein Schauh ut. Denken S' an Lüd, dei farwenblind sünd! Man dorüm hew ick mi hier je nich anstellt. Mi geiht dat üm 't Prinzip. Wenn dei Automat dei Schiens rutlangt, will ick dei Tahlen up ehr läsen könn'n!"

„Entschulligung, oewer mit denn' Automaten weit ick nich Bescheid. Ick möt ierst mit uns' Techniker spräken."

„Daun Sei dat. In vierteigen Daag hal ick wedder Geld af. Bet dorhen hebben Sei Tiet. Kann doch bi soväl Technik hütigendags kein Problem sin, so'n Automaten orrig tau programmier'n. Oewer wenn Sei dat nich henkriegen, denn stah ick in twei Wochen wedder hier!" Denn nähm hei sienen Krückstock von'n Arm un peikte up denn' Utgang tau.

As ick vör 'n Schalter stünn, frög dat Service-Fräulein: „Sei hebben doch wiss mitkrägen, üm wat dat hier äben güng? Dor möt oewer einer ierst up kamen!"

„Je", säd ick nahdenkern, „dor föllt mi ok wieder nix tau in. Bloßen, em möt doch wat dörch 'n Kopp gahn sin. För nix harr hei sick nich anstellt. Villicht wier 't em leiwer, dat so'n adrett Diern as Sei em dat Geld vörtellt un hei dat nich ut ein Maschin trecken möt!"

GESUNDHEITSREFORM – LETZTE STUFE

Wi schriewen dat Johr 2010. Dei Gesundheitsreform is afschlaten. Vör dei Upnahm in ein chirurgisch Klinik drängen sick dei Patienten. Ein Fru ward upropen. Dei Dokter mustert sei kort un fröcht:

„Worüm sünd Sei hier?“

„Ick hew för dissen Dag einen Operationstermin un …“

„Oewerwiesung?“

„Hew ick hier.“

„Diagnos?“

„Sall dei Blindarm sin. Mien Dokter hett seggt …“

„Dulle Weihdaag?“

„Gistern wier ’t kum uttauholl’n, in’n Ogenblick geiht.“

„Iersten Stock, rechte Siet, Kabin 16, Sei hebben ein Stunn Tiet.“

„Ein Stunn, woför?“

„Eigenbehandlung. Ward nu so makt. Sechste Stufe der Gesundheitsreform.“

„Ick sall mi behanneln?“

„Operier’n, leiw Fru, operier’n. Hebben Sei alls mit?“

„Ja, alls wat dei Dokter mi updragen hett: Handdäuker, Laken, Seep, Mundschutz, Gummihandschauh, scharp Schier, Neihnadel un Gorn.“

„Sihr gaut. Denn gahn Sei nu fix in ’n iersten

Stock, rechte Siet, Kabin 16. Wi könn'n hier kein Tiet verplempern."

„Ick sall mi denn' Buk upschnieden?"

„Wenn Sei dat dörch 'n Hals bäder könn'n, maken S' dat so. Mi is 't egal. Oewer nu man bäten Beielung. Hier möten an'n Dag 200 Patienten dörch. Dat geiht üm högere Utlastung. Siebente Stufe der Gesundheitsreform."

„Oewer ick hew doch noch nie nich …"

„Denn ward 't Tiet. Weckerein sall denn Sei Ehren Mann, Sei Ehr Kinner orer Öllern behanneln, wenn nich Sei sülben? Achte Stufe der Gesundheitsreform."

„Ick weit doch gornich, wat ick maken möt."

„Uttrecken, duschen, desinfizier'n. Up dat Regal liggt ein Blatt ‚Wie betäube ich mich örtlich?' Sei maken alls so, as dat dor schräwen steiht. Dornäben liggt dat Handbauk ‚Grundwissen der Chirurgie'. Blädern Sei dat Kapitel Blinddarm up. Dat Skalpell liggt in'e Schuw unner denn' Operationsdisch."

„Un wenn wat passiert?"

„Denn griepen Sei sick denn' Leitfaden ‚Erste Hilfe für alle Fälle', liggt ok up 't Regal."

„Wier 't villicht nich doch bäder, wenn ein Dokter …"

„Ein wat? Hebben Sei in'n Lotto wunn'n? Ein'n Dokter kriegen S' blot bi ein Gehirntransplantation, weil dorbi dei Patient schlicht süht, wat hei tau daun hett. Neunte Stufe der Gesundheitsreform."

„Oewer so ganz ahn Ahnung, dat geiht doch nich!"

„Na gaut. Wenn Sei partu nich will'n, unnerschriewen S' hier disse Verzichtserkärung."

„Nee, nee, ick will je. Dat is man, dat ick so nerviös bün. Wenn ick nu dornäben schnieden dau?"

„Süll dat passier'n orer Sei warden ahnmächtig, drücken S' vörher up denn' schwatten Knop an't Koppend von'n Operationsdisch."

„Kamen Sei denn?"

„Nee, denn schalt sick ein Tonband in. Dor könn S' nah denn' Piepton Sei Ehr'n letzten Will'n upspräken."

„Wat heit mienen ‚letzten' Will'n?"

„Je, leiw Fru, dat Läwen hett so sien Nücken, man möt mit alls räken. Wenn S' noch könn'n, drücken Sei up denn' roden Knop. Denn ward för dei Truergesellschaft ein letzt Foto von Sei makt. Zehnte Stufe der Gesundheitsreform."

„Ick weit nich recht; ick oewerlegg mi dei Sak noch eins."

„Leiw Fru, will'n Sei dormit seggen, dat Sei blot simeliert hebben? Denn fall'n furts all uns' Vergünstigungen weg!"

„Oewer nich doch, üm Himmels Will'n, ick mein doch blot …"

„Nu oewer los! Iersten Stock, rechte Siet, Kabin 16! Sei hebben blot noch 52 Minuten Tiet, denn kümmt all ein anner. Wenn alls gaut gahn is, möten Sei dei Kabin noch sauber maken. Letzte Stufe der Gesundheitsreform. Un vergäten Sei naher blot nich denn' Blinddarm bi mi aftaugäwen, süss tahlt dei Kass nich tau!"

HEI WIER WISS UN WOHRHAFTIG BI MI!

Mien Fru wier grad tau Bedd gahn, as dat an uns' Flurdör kloppte. Ick kek dörch denn' Spion. Dor stünn ein ölleriger Herr, dei mi, mit sienen Vullbort un denn' Knieper up'e Näs, bekannt vörkem. As ick dei Dör upmakte, wüsst ick, dat is hei un kein anner, wiss un wohrhaftig. „Fritz Reuter!“ schöt dat ut mi rut. Oewer ick verbäderte mi furts: „Herr Dr. Reuter, nee, ick glöw 't nich, wur is 't möglich, woans sünd sei orer nee, woans kam ick, nee, sowat, ick bün je woll reiden ut dei Tüt.“

„Nu laten S' mi man ierst eins rin“, säd mien Gägenoewer, „denn könn'n wi in Rauh oewer alls spräken.“

„Entschulligung, kamen S' rin un leggen S' af, ick ward mien Fru …“

„Laten S' Sei Ehr Fru schlapen“, schned Reuter mi dei Räd af, „sei hett dei Rauh verdeint. Kieken S', ick hew ok kein Blaumen orer 'n anner Mitbringsel bi. Ick bün in'n Deinst un hew nich väl Tiet.“ Hei hüng sien'n Haut un Ümhang an dei Flurgardrow, dreihte sick tau mi üm un säd: „För mi wier 't kommod, wenn wi du seggen würden.“ Ick weigte mit 'n Kopp, wull seggen: „Dat geiht doch nich“, oewer hei let nich nah. „Du kennst je mien Biographie un weißt, dat ick 64 worden bün. Von di weit ick, dat du grad dienen 73. fiert hest. Kiek, du büst dei Öllere von uns twei. Nu hew di man nich so un segg Fritz tau mi.“

Mien Hart hüppte vör Freud: ick mit Reuter per du! Wi güngen in mien Arbeitsstuw un sett'n uns dal.

Dit möt begaten warden, dacht ick, un stellte ein Buddel Rotspon un Gläs up 'n Disch. As harr hei mien Gedanken läst, säd Fritz:

„Brukst di kein'n Kopp tau maken, Wolfgang, wi nähmen baben ok giern eins ein'n tau Bost. Stell di denn' Häwen blot nich as 'n oll Rumpelkamer vör. Nee, dor geiht 't männigmal bannig lustig tau. Oewer Dunsupen giwt nich, dor passt dei Oll för up!"

Fritz nähm 'n orrigen Schluck un sehg woll an mien hochtreckt Ogenbranen, dat ick nich recht wieder wüsst.

„Je, dat möt di spansch vörkamen, wenn ick miteins vör dien Dör stah, oewer dat hett sienen Grund. Wi hebben baben so'n Ort Birat, wur väl honorig Lüd in sünd. Ick hür ok dor tau. Vörsitter is dei Oll. Wi kümmern uns üm dat, wat hier unnen passiert. Körtens wiern dei Spraken an'e Reih. As ick säd, dat ick so mien Bedenken mit dei Entwicklung von't Plattdütsche in Mäkelborg harr, fohrte dei Oll mi oewern Schnabel: ‚Reuter, will'n Sei mi all wedder mit Plattdütsch drangsalier'n? Ick hew doch woll naug mit dat Hochdütsche un so'n Schriewerslüd as Grass, Walser orer Loriot tau daun un kann nich mien Tiet mit 'n Regionalsprak verplempern. Man schliepen laten will ick dei Sak ok nich. Dorüm legg ick fast: Sei reisen dor för twei Wochen hen. Wenn

S' trügg sünd, hebben Sei mi ein'n Bericht oewer dei Plattdütsch-Inspektion in Mäkelborg tweifach vörtauleggen. Denn' Dörchschlag kriggt Petrus. Dei sall ok dei Planung mit Sei maken. Un noch wat. Dat 's kein Taufall, dat ick Sei 2010 nah unnen schick. Oewer ick will nix von dat Brimborium üm Sei Ehr'n 200. läsen. Dat sall sachlich sin!' As Petrus un ick dei Urtschaften un Lüd rutsöchten, dei ick besäuken süll, sünd wi ok up di kamen. Petrus meinte, du, as Vörsitter von'n Schriewerkrink, harrst woll denn' Oewerblick un künnst mi as Ierster wat tau dei Situation seggen."

Mi wier ümmer noch ganz düsig in'n Kopp un Fritz sien Vertell'n makte dat nich bäder, oewer denn wull ick weiten, wat dit all tau bedüden harr:

„Fritz, wat heit dit, as Ierster?"

„Dat is so", verklorte hei mi, „wi hebben tau dat Plattdütsche in Mäkelborg viertig Fragen tau Popier bröcht un dei will ick di nu as Iersten stell'n. Ut dien un dei anner ehr Antwurten möt ick denn' Bericht för 'n Oll'n maken."

För all sien Fragen hebben wi dei halwig Nacht brukt un as Fritz mien letzt Antwurt notiert harr, trugte ick mi tau fragen:

„Wat kümmt dorbi rut", ick wieste mit 'n Finger nah baben, „wenn hei dienen Bericht läst hett?"

Fritz trök mit dei Schullern, makte ein nahdenkern Gesicht un säd: „Kiek, Wolfgang, dat is baben nich väl anners as unn'n. Dei Oll hett einfach tau väl üm dei Uhr'n. Oewer hei ward sick Gedanken maken. Kann sin, dat hei sülben wat anwiesen deit, orer hei giwt 'n Updrag an ein von uns' Exekutiv-Kommissionen. Verspräk di man nich tauväl dorvon. Villicht schickt hei juch 'n gauden Kultusminister orer lött denn' ein'n orer annern von juch Schriewerslüd 'n poor niege Ideen taukamen. Wenn sick oewer ein Kommission dormit befaten möt, kann 't duern, ihrer sick wat rögt."

Fritz stünn up, nähm sienen Haut un Mantäng von'n Haken, schüddelte mi dei Hand un säd:

„Hartlichen Dank för denn' wunnerboren Rotspon un dien Mitarbeit. Disse Nacht schlap ick in't Pribbenower Pasterhus. Un morgen, dor freug ick mi all bannig up, will 'k mi eins mien eigen Museum in Stemhagen ankieken un dei lütt kuraschiert' Direktersch ward mi tau Siet stahn. Dat hett Petrus mi verspraken, as Geburtsdagsgeschenk un Upmünterung bi dei Strapazen."

Dei Husdör föl in 't Schlott un hei verschwünn.

Ick wier dodmäud, kröp tau mien Fru in 't Bedd un schlöp up 'n Stutz in. As wi annern Morgen an'n Frühstücksdisch seten, frög mien Fru:

„Stöttst du nu all mit di sülben an, orer wat hebben dei beiden Gläs up 'n Disch tau bedüden?"

„Gitting, dat wull 'k di grad vertell'n. Weißt du wecker gistern tau Nachtschlapentiet hier wier? Nee, dor kümmst du nich up, Fritz Reuter …"

„Ach so, Fritz Reuter hett di besöcht. Na, denn kann ick je ok verstahn, worüm dei Buddel lerrig is, denn hest du dor je Hülp bi hadd. Oewer du glöwst doch woll nich in'n Iernst, dat ick di disse dömlich Uträd afnähmen dau?"

„Gitting, dat is twors kum tau glöwen", föl ick ehr in 't Wurt, „oewer Fritz wier wiss un wohrhaftig hier. Wi hebben sogor du taueinanner ..."

„Nu is 't naug!", säd mien Fru un dat in ein'n Ton, dei kein Wedderräd taulet. „Du süsst di oewerleggen, wat dat nich villicht bäder wier, blot ein orer twei Gläs tau drinken un nich 'n Buddel. Du kannst dat nich af. Dei Wien stiggt di tau Kopp un denn kümmt dor so'n dumm Tüg bi rut. Du, 'n Duzbrauder von Fritz Reuter? Is je nich tau faten!"

Üm ut disse Klemm tau kamen, spälte ick mienen Trumpf ut: „Wenn wi oewermorgen nah Stemhagen führn, kannst je Fru Nenz fragen, wat Fritz Reuter bi ehr wäst is. Un denn warden wi seihn, wecker dumm Tüg räd hett. Fru Nenz wiest em nämlich hüt sien Museum."

„Wat sall ick?", röp mien Fru un würd nu würklich fünsch. „Sall dat Ulenspeigelie sin? Ick sall Fru Nenz fragen, wat Fritz Reuter bi ehr wäst is? Sall dei mi för dömlich holl'n? Dit is dat Mallst, wat ick in'e letzt' Tiet von di hürt hew. Oewer ick weit je, wo dat her kümmt. Dor ward nu Vörpahl schlag'n, kannst di up verlaten!"

HEI KREG RECHT

Ein Grugel is ’t för Heiner Schmitt,
Nimmt em sien Fru tau’t Shoppen mit.
Fief Stunn lang güng dat Spill nu all,
Sei söcht ’n Kleed för ’n Presseball.
In teigen Ladens wiern s’ all wäst,
Noch harr s’ nix funnen för dat Fest.
Tauletzt güng’n s’ noch in ’t „Madame pique“,
Ein bannig düer französch’ Boutique.
Kum sünd sei in denn’ Laden binn’n,
Ward sei ok gliek ’n Fummel finn’n.
So’n Kleedwark söcht sei langen all,
Nu endlich harr sei wat för ’n Ball.
Denn kümmt s’ ut dei Kabinendör
Un führt ehr’n Heiner dat Stück vör.
Dei süht dat Kleed, treckt eine Schnut:
„Wat söchst du blot för ’n Schiet di ut!“

„Hest recht“, seggt sei, „mien leiwer Mann,
Dat füng mit di vör Johr’n all an!“

IERST MATTSCHIEW – NU PLATTSCHIEW

Obschonst ick Rentner bün un naug Tiet tau't Kieken harr, schalt ick denn' Fernseh ümmer weniger in. Worüm? Weil dat, wat mi interessiert, gaude Unnerhollung, Kultur un kritische Berichterstattung tau Wirtschaft un Politik, Mangelwor worden is, ok bi dei Öffentlich-Rechtlichen. Wat dor ut dei Rühr flimmert, is nich mihr dat, wat dat Fernseh eins wier. Ut dei Mattschiew is middewiel ein Plattschiew worden. Dat Mallst dorbi is, je mihr wi dorför bitahlen, ümso dömlicher warden dei Programme. Tau Hauptsendetieden is vörgäwen: Je geistloser um so bäder!

Mit 'n schal Magazin fängt dei Nahmiddag an. Mihrstendeils kickt dorbi ok noch 'n Kochmütz ut dei Rühr, dei ein „lecker" Äten makt, as dat in'n bajuwarischen Dialekt roewerkümmt. Man wieder. Tempotaschendäuker sünd prat tau leggen. Nu kamen in ein dünnbierig Fohrwader dei Soaps, as „Rode Rosen" orer „Storm in'e Leiw". Wenn einer grow Undög leiwer seihn will, kann hei tau dei „Fernsehrichter" ümschalten. In dei Verhandlungen geiht dat horig tau. Dor möten dei Richter sick orrig in 't Tüg leggen, üm dei Verbräker dingfast tau maken. Nee, wat geiht dat doch einmal gerecht in uns' Vadderland tau! Nu oewer fix eins roewerzappt tau „Krokodil & Co in'n Zoo". Un wenn dei Aapen Fauder kriegen, rögt sick ok dei Magen bi'n Taukieker. Is Abendbrotstiet. Dei Fernseh bliwt an, oewer ahn Ton. Äten ward in'e Koek. Dei Nahrichten lopen tonlos in'e Wahnstuw. Dei will keiner mihr seihn orer hür'n, wieldat sei je blot ut Politik un anner Katastrophen bestahn. Dei letzt Deil von'e Nahrichten is denn doch Plicht, dei Wäderbericht. Sommers steiht je ümmer dei Frag: Gütt dei leiw Gott orer möten wi in 'n Gorn? Wenn dei Wäderfrösch noch bi't Kortenutdüden sünd, ward dei Disch för 'n Abend deckt. Möt nich väl rup, oewer Bier un Gnapperkram tauminnest. Dei Abendprogramme! Mit nix tau verglieken! Schlaraffenland is 'n oll Haut dorgägen. Krimmis ahn End; ein Quiz jagd dat anner; Volksmuskanten, sowiet dat Og süht; Heimatgeschichten, bet dei Tranen kamen; Action, dat dei Lamp wackelt; Horror, Mystery, Thriller, dei einen dei Socken von'e Fäut ströpen un Fautball, Fautball, Fautball. Un dat alls non stop! Weckein geschickt naug is, mixt sick dorut 'n Cocktail un rührt em af un an mit dei Fiernbedeinung üm. Hei möt oewer 'n gaut Timing hebben. Nich dat dei „Zillertaler" grad jodeln, wenn „Dei Oll" denn' Fall löst orer dei Graf dat Försterliesel an'e Bost tau faten kriggt, wenn Miroslav Klose jüst ein Dur schütt. Bäten Erfohrung hürt all tau. Oewer wenn dei Bierkasten nahst leddig is, spält dat ok kein grot Rull mihr. Hauptsak is je gaude Uunnerhollung. Un weckein nich väl mitkrägen hett, annern Vörmiddag ward dei ganze Schnulli wedderhalt!

Un nu kümmt dat Leegst: Ein grot Deil von'e Tau-kieker schluckt denn' Schrott as 'n Siemens-Martin-Aben. Dat weiten dei Fernsehmaker un kieken nich up Qualität, sonnern up dat, wat Geld in'e Kassen späult, dei Inschaltquoten. Un scheinheilig seggen sei: Fernseh is ok 'n Stück „Frieheit". All Lüd könn'n kieken, wat sei will'n, un wenn 't up Verdummung rutlöppt, is dat ehr Sak. Un uns' Regierung ward sick häuden, wat tau ännern. Kiek, dei mit 'n Bierbuddel vör 'n Flimmerkist sitt, geiht nich up dei Strat!

DEMOKRATIE?

Ein Fründ, dei fragte körtens mi,
Wat heit denn blot Demokratie?
Ick krieg dor keinen Klauk nich in,
Wat hett dat Wurt för einen Sinn?

Demokratie? Dat kann ’k di seggen,
Bruk gor nich lang tau oewerleggen,
Un mit ein Bispill ut dat Läwen,
Warr ’k di ein orrig Antwurt gäwen.
Väl brukt ’n dorvon nich vertell’n,
Du möst di blot eins dit vörstell’n:

Ein Schap, drei Wülw, sitten tausamen
Un will’n up einen Nenner kamen,
Dat alls ok schön bi’n Ollen bliwt,
Un wat ’t denn woll tau’t Frühstück giwt!

KAFFEEKLATSCH

Unner dei Woch hew ick dei drei öllerhaften Frugenslüd nich eins in dat Bäckercafé seihn. Blot sünndags sitten sei dor, ümmer an denn' sülwigen Disch, dei direkt vör dat grote, äbenierdig Finster steiht. Von ehr Stäuhl ut könn'n sei, ahn einen langen Hals tau maken, denn' Marktplatz in Ogenschien nähmen. An Autos, dei dörch dei Marktstrat führ'n, hebben sei kein Intress. Dei sünd tau fix, üm sei richtig wohrtaunähmen. Süll oewer ein vör 't Bäckercafé holl'n, setten sei dei Tassen, ut dei sei grad drünken, nich ihrer dal, bet sei weiten, wecker dor grad utstiggt un wat hei bekannt orer frömd is. Ierst denn gönn'n sei sick 'n lütten Schluck un weiten dörch ehren fienen Rüker noch vör't Afsetten von ehr Tassen, wat sick dat verlohnt oewer disse Person tau schnacken orer nich. Weil sei ut disse Urtschaft nie nich weg treckt sünd, kenn'n sei hier jedein'n bi Namen, mihrst ok noch mit Strat un Husnummer.

Nu, up 't Öller, wahnen sei in dat Seniorenheim, wat üm dei Eck in'n Park liggt. Sei spräken giern Platt un heiten Grete, Elsbeth un Herta. Poor Mal hew ick näben ehr'n Disch säten un mitkrägen, dat Grete oewer achtig is un Buersfru wier. Elsbeth un Herta sünd 'n bäten jünger un hebben in'e Konservenfabrik an't Band stahn. Dei Kierls von Elsbeth un Herta spälen bi't Vertell'n blot noch af un an ein

Rull, sei sünd all länger dod. Gretes Mann hett ierst vör Korten dei Ogen tau makt.

Dei Unnerhollung von dit Trio löppt ümmer nah 'n glieken Strämel af: Elsbeth un Herta schnacken, Grete hürt tau, oewer nipp, denn sei luert up denn' Momang, wo sei ingriepen kann.

„Kiek, dor kümmt oll Brümmersch mit 'n Rükebusch in'e Hand dei Strat dal. Wo dei woll hen will?"

„Dat kann 'k di seggen, Herta. Hölterntüffelmaker Behnke's Fru ward hüt Achtig. Dor geiht sei tau't Grateliern hen. Du weißt je, för Kaffee un Kauken is oll Brümmersch ümmer tau hebben."

„Nich blot dat, sei bitt je ok giern 'n Lütten af un Köm is bi Heiner Behnke noch nie nich knapp wäst. Nu kiek blot eins! In so'n fein Kledasch hew 'k sei lang nich seihn. Man, hett dei sick upfidummt!"

Bi dei letzten Würd harr Grete dei Uhren spitzt un ahn Brümmersch in Ogenschien tau nähmen, fuderte sei mit ehr Fistelstimm los:

„Schämen sall sei sick! Dat Truerjohr is noch nich rüm un sei löppt all in so'n Anputz up'e Strat rüm. Dei Blaumen süll sei man leiwer up 'n Friedhoff an 't Graw von ehren Kierl bring'n, as sei Behnkesch tau schenken un …"

„Schwieg still!", föl ehr Elsbeth in 't Wurt, „Dat steiht di nich tau, ehr Vörschriften tau maken. Un wat dat Truerjohr angeiht, fählt, so as ick weit, blot noch 'n halw Mand. Ick denk, dat sei 't richtig makt, wenn s' wedder unner Lüd geiht. Sei kann doch nich ewig Tauhus sitten un ror'n."

„Ach nee, nu ward mi all dat Mul verbaden. Wenn 't so is, bruk ick taukünftig je nich mihr mit tau kamen."

Nu mischte Herta sich in:

„Grete, wat sall so'n dömlich' Schnack? Hebben wi nich gedürig tauhürt, as du uns tau'n x-ten Mal wat oewer dei Truerfier un dat Gräwnis von dienen Franz vertellt hest? Un wat hebben wi denn tau'n Schluss seggt? För hüt is 't naug mit Truergeschichten, lat uns oewer wat anners räden. Un wenn Elsbeth ‚schwieg still' seggt hett, denn wull sei dormit seggen, dat wi kein Kirchhoffs-Geschichten mihr hüren will'n!"

Ein Antwurt gew Grete nich, sei nippte an ehr Tass un kek stur vör sick dal. Dei annern beiden harrn nu dat Thema Urlaub bi dei Uhren. As ick mien Tass up 't Afwasch-Tablett stellte, hürte ick sei noch seggen:

„Weißt, wo Radmakers ehr Kinner dit Johr Urlaub maken? Up Indonesien! Dei möten sössteigen Stunn lang fleigen, bet s' dor sünd, kannst di dat vörstell'n? Un wat kümmt bi rut? Sei nacken sick tropisch Krankheiten up, villicht sogor dei Schwiensgripp, un stecken uns nahst dormit an. Orrer sei schleppen utlännsch Dierten mit nah Hus. Kümmt noch so wiet, dat dei Skorpions nich blot in't Horoskop sitten, sonnern läwig bi uns rümkrupen!"

„Ach du leiwe Tiet. Herregott nee, wat hütigendags all möglich is …"

Wier woll knapp 'n Mand vergahn, as ick wedder eins sünndags bi'n Bäcker inkek. Elsbeth un Herta seten an ehr'n Stammdisch, man dei drüdd Stauhl wier leddig. Wieldat wi uns je all öfters seihn harrn, nickte ick kort tau ehr'n Disch roewer un künn mi dei Frag nich verkniepen, worüm hüt dei oll Dam in'e Runn fählte.

„Dat 's oewer nett, dat Sei as 'n frömd Minsch nah Grete fragen. Sei drinkt ehren Kaffee nu baben. Dat müsst je so kamen. Ehr Gedanken sünd gor nich mihr von'n Kirchhoff wegkamen. Sei wüsst blot noch von dit ein Thema wat af un so hett sei sick gradtau in 't Graw rinräd!"

Ein bäten verdaddert hew 'k denn wat von Beileid seggt un mi, so as süss, mit 'n Rüggen tau't Finster sett. Elsbeth un Herta wiern wedder an't Vertell'n. Oewer irgendwat wier anners. Ierst as ick mit dei Brötchen an'n Lenker in 'n Vörbecker Landweg inbögte, föl 't mi in: Gretes Fistelstimm wier hüt in't Bäckercafé nich tau hürn wäst.

MALESS MIT SCHLAP- UN SCHNORKGENE

Wenn du sei so von buten sühst, sünd dei Minschen je all tämlich gliek, oewer binnen sitten dei Gene bi einen orer 'n annern männigmal nich an'e richtig Stell. So'n Lüd ticken anners as dei „Normalen". Mien Fru un ick sünd dat mit uns' verschieden Schlapgene lang Tiet nich inworden. Woans ok. As wi jung verleiwt wier'n, hebben uns dei Hormone stüert, wieder nix. Späder hett dei Arbeitsrhythmus dei Läng von Dag un Nacht bestimmt, un as dei Kinner kemen, wier kum noch Tiet tau't Schlapen, ok an't Wochenend nich. Un wenn, denn hebben wi schlapen as dei Rotten. In'e letzten Johren von uns' Arbeitsläwen is mi twors upfoll'n, dat mien Fru all lang in't Bad wier, wenn mi grad dei Wecker ut 'n Schlap räten harr, oewer ick hew mi wieder nix bi dacht.

Maless mit uns' Schlapgene kregen wi ierst in't Öller, as Rentner. Nu künn'n wi utschlapen. Man dat würd nich so recht wat. Wenn wi abends Klock teigen tau Bedd güngen, wier mien Fru nachts, so üm vier rüm, all wedder wak. Dit will'n wi woll kriegen, dacht ick. Wi warden abends länger in'e Rühr kieken, mientwägen bet Geisterstunn un denn ward sei wiss bet tau't Frühstück dörchschlapen. Pustekauken, dat harr sick bi ehr mit dei Tiet so inpägelt, Klock vier wier bi ehr dei Nacht tau End. Denn knipste sei dat Licht an, nähm dat pratleggt Blatt orer Bauk tau Hand un läste. Horror för einen, dei gaut bet Klock acht schlapen kann! Ümmer, wenn ick dörch ehr Gedau tau Höcht fohrt wier, begäuschte sei mi:

„Kannst di noch eins ümdreigen, Vadding, is man grad ierst vier."

Natürlich hew ick mi up dei anner Siet leggt, wo mi dei Lamp nich so grell in'e Ogen lüchten ded un bün wedder inschlapen. Wat blew mi ok anners oewer? Man von dat Rascheln bi't Ümblädern bün ick ümmer eins wedder upwakt un hew denn männigmal woll ok wat seggt, wat ick süss nich in'n Mund nähmen dau.

Wi wüssten beid, so künn 't nich wiedergahn un hebben beratschlagt: Ein anner Nachtdischlamp würd köfft, niemodsch, halogen, mit 'n lütten Lichtkägel. Alls gaut un schön, man ehr Schalter knackte noch luder, as dei von'e oll Lamp, un dat Zeitungsrascheln blew je so un so. Nu ännerte mien Fru dei Taktik. Wenn sei nachts wak würd, stünn sei up un trök dei Schlapstuwendör sacht achter sick tau. Sei sett'e sick mit ehrn Badmantel in'e Koek, mit 'n Rüggen an'e Heizung un läste, bet sei wedder mäud würd. Dei Method harr man einen Haken. Ehr Rüggen wier schön warm oewer an Fäut un Bein kröp dei Küll rup. Dat möt ümmer so gägen söss wäst sin, wenn sei ieskolt tau mi unner dei Deck kröp. Dat is dat, wat man „Schreck in'e Morgenstunn" nömt!

Oewer mien Fru harr ok ehr'n Arger mit mi: Ick kann schnorken, dat sick dei Balken bögen. Männigmal sag ick so'n dicke Böm, dat mien eigen Trummelfell dat nich verknusen kann un ick, as bi'n Dunnerschlag, upschreck. Mien Fru kann mi ok dei Näs tauholl'n, bet ick blag ward, wenn 'k ierst bi bün, sag ick solang wieder, bet all dei Telken von'e Böm sünd.

Wenn ick nachts bi't Aalangeln inschlap, kann mi nix passier'n. Minnestens fiefhunnert Meter üm mi rüm mucks sick kein Diert, ok dei Wildschwien nich. Ick holl sei all mit mien Schnorken in Schach. Sülwst mien wehrtechnisch Utbildung hett dörch disse Eigenort 'n Knacks krägen. Wenn wi utrücken deden, müsst ick Wach, ümmer blot Wach schuwen, kein Kamerad wull mit mi tauhop in't Zelt schlapen. Ehr kem all dei Grugel an, wenn s' hürten, dat ick tau ehr'n Tog indeilt wier!

Dat mien Fru dat solang näben mi utholl'n hett, is bald 'n Wunner. Ick müsst wat gägen dat Schnorken daun, hett sei denn all öfters eins seggt. Vör ein Johr füng ick an mi tau beläsen. Bald harr ick väl tau dei Schlap- un Schnorkgene rutfunn'n. Nu wüsst ick, jedein von uns is anners programmiert. Mien Fru is ein Extrem-Kortschlaper un ick bün ein Schnorker-Langschlaper. Wi beid könn'n dor nix för, dat hett sick in unsen Stammbom so henmendelt.

Ick hew mi furts bi mien Fru för dat Schnorken un dei unorrigen Würd, mit dei ick sei nächtens bedacht harr, entschulligt. Sei witterte in dissen Momang Morgenluft un kem, as Frugens dat so maken, gliek mit ehr Lösung von uns' Schlapschnork-Malessen rut:

„Wi schlapen jedein woanners. Ick beholl dei Schlapstuw, un för di stell'n wi in'n PC-Rum ein nieg Bedd up, dat wier dat Best för uns!"

Sei wull 't all langen so, oewer ick hew mi ümmer quer leggt. Oewer sei let nich locker un trök alle Register, dei ein Fru tau Verfügung stahn. Sei kem mi lut un lies, grow un fien, man ick blew stur. Oewer denn hett sei mi weik kloppt un twors mit ein Argument, wat Mannslüd ümmer unner kriggt: Mit Fautball! Wi hebben twei Fernseh. Ein steiht in'e Wahn- un dei anner in'e Schlapstuw. Un dor hett sei up bugt:

„Kiek eins, wenn dei Bundesliga spält, treck ick mi in mien Schlapstuw trügg un du kannst, ahn dat di ein stürt, in'e Wahnstuw Fautball kieken!"

Dat 's 'n Wurt, hew ick seggt un denn hebben wi alls so makt, as sei sick dat utdacht harr.

Dit 's grad ein Johr her, un ick möt seggen, nich blot wägen Fautball: Wi läwen nu väl ruhiger, jedein nah sien Fassong. Dat harrn w' all ihrer maken süllt. Un wenn Sei denken, wi krupen nu nich mihr tausamen, denn sünd Sei up 'n Holtweg, denn ein von uns hett ümmer eins kolle Fäut. Ok in'n Sommer.

MORGENS FANGO – ABENDS TANGO

As dat faststünn, dat mien Fru sick vier Wochen lang in ein „Herz-Kreislauf-Reha-Klinik“ kurieren laten künn, hew ’k ahn langen Oewerleggen seggt:

„Ick kam mit. Wat sall ’k all dei Tiet hier allein?“

Dei Antwurt von’e Klinik wier annern Dag dor: Hartlich willkamen, in’t Gästehus is ’n Stuw reserviert un wenn ’k wull, stünnen mi Sporthall, Muckibaud un Schwemmhall jeden Dag kostenlos tau Verfügung. Dit kem mi taupass. Ick drög orrig ’n poor Kilo tauväl mit mi rüm. Dit wier ’n Gelägenheit tau’t Aftspecken.

An’n Mittwoch hebben wi Quartier nahmen, an’n Dunnersdag wüssten wi, wurans ’n Klinikdag utsehg. Friedag löp mien „Kilodal-Programm“ an, morgens un nahmiddags, ümmer, wenn mien Fru ehr „Anwendungen“ harr.

Wenn ick nah dei Schwemmhall wull, müsst ick ’n langen Gang dal gahn, an denn’ väle Behandlungsrüm legen. Badeabteilung/Fango, Trainingsraum, Gymnastikhalle, Dr. Sounso, Entspannungsraum, Labor, EKG un so wieder. Dorvör seten nu dei Patienten enzeln orer in Gruppen un täuwten, dat sei upropen würden. Mi is gliek upfoll’n, dat sei all bannig leeg utsehgen. Weck wiern blass un harrn deipe Schatten unner ehr Ogen, anner seten mit ’n hochroden Kopp dor, an denn’ dat schweitnatt Hor kläwte. Dei Blassen kemen woll grad von't EKG, dei Schweitigen harrn woll Nordic Walking achter sick. Sei keken stur vör sick dal. Von Unnerhollung wier kum wat tau hür'n un wenn, denn harrn sei ehr Krankheiten bi dei Uhr'n. Sei deden mi led. As ick in'n forschen Schritt up dei Schwemmhall taugüng, dacht ick: Hest du ein Glück, dat du dor nich tauhürst.

Nahmiddags drünk ick in'e Kaffeeteria Cappuccino. So recht in Rauh künn 'k em oewer nich geneiten, denn väle Patienten seten ok dor un wier'n bannig an't Vertell'n. Dit un dat schnappte ick up. Ehr Krankheiten würden von Shoppengahn, Kurschatten un all sowat verdrängt. Sei makten nu 'n ganz annern Indruck up mi. Hor frisiert, statt Trainingstüg orrig Kleedung, un af un an lachten sei sogor eins.

Bi't Abendbrotäten güng 't bannig hild tau. Unner Tuscheln un Flustern würd dat Äten fix dalschlungen, un bald wier dei Saal leddig. Dei Bedeinung hülp uns „Niegen" up 'n Weg. Dei Patienten brukten dei Tiet för 't Anhübschen un Upfidumm'n, denn hüt Abend wier „Danz in't Foyer", woll dat Schönst, wat dei Klinik tau beiden harr.

Natürlich güngen wi ok hen. Ick trugte mien Ogen kum, wur schmuck nu dei grote Ingangshall tau't Danzen inricht wier. Un wo fein sick dei Patienten makt harrn. Sei nippten an ehr Wien- orer Biergläs un täuwten, dat dei DJ Schiewen upleggte.

Wi wullen blot 'n bäten taukieken, denn nah dat Afmarachen denn' Dag oewer harrn wi tau't Danzen kein grot Lust. Tauierst güng dat sinnig los. Dei Poore schwäwten bi Walzer un Tango oewer 't Parkett. Dorbi nehmen sei woll ok „Witterung" up, weckein tau weckern passte. Bald oewer würd dei Gangort wat fixer un dei Gesang luder. Sei nippten ok nich mihr, nee sei drünken in vulle Tög un bestellten ok nich mihr gläswies, sonnern buddelwies. Dei Musik würd ümmer heiter, Stolas flögen oewern Disch, Schauh achteran, barst danzen wier anseggt. Dat heit von danzen künn kein Räd mihr sin. Manns- un Frugenslüd hüppten ümher un deden, as wullen sei sick ehr Liewer verrenken. Ob dit Gedau noch tau toppen wäst is, weit ick nich, denn uns würd dat tau bunt. Musik un Gesang dröhnten noch langen dörch 't Hus.

As ick annern Morgen tau't Schwemmen güng, seten sei wedder dor, dei Patienten. Un sei sehgen jewoll noch leeger ut. Dei Blassen wiern noch blasser un dei Schweitigen noch schweitiger. Man, sei deden mi nich mihr so dull led. Ick wüsst je nu, dat disse Patienten twei Gesichter harrn. För dei, wecker an'n Morgen noch dalschlagen up ehr Behandlungen täuwten, sehg Nahmiddags bi'n Kaffee dei Welt all anners ut un abends bi't Danzen harrn s' all ehr Weihdag vergäten.

LÜTT VERWESSLUNG

Dei Oberin seggt tau ehr Nonnen:
„Grad eben haben sie begonnen,
Die Klosterstraße neu zu bauen.
Ich will mal nach dem Rechten schauen.
Packt mir 'n paar Butterbrote ein,
Dazu auch noch ein Fläschlein Wein.
An diesen kleinen, milden Gaben,
Soll'n sich die Bauarbeiter laben."

Sei kümmt dei Strat nu dal taugahn
Un bi denn' Butrupp bliwt sei stahn.
Denn oewer tögert sei 'n bäten
Mit dat Verdeil'n von Wien un Äten.
Denn nieglich is dei Oberin,
Un ehr kem miteins in denn' Sinn,
Ob von dei Lüd woll einer weit,
Wat all so in dei Bibel steiht.
Kickt sick denn' Vörarbeiter ut
Un kümmt gliek mit ein Frag ok rut:
„Sie wissen sicher doch als Christ
Wer Pontius Pilatus ist?"
„Nee", seggt dei nu, „för Sei is 't schad,
So ein'n hew 'k nich in mien Brigad.
Doch täuwen S' eins, dat künn je sin,
Hei sitt up eine Teermaschin."
Un bölkt, dat man 't gaut hüren kann,

Roewer tau sienen Spannemann:
„Pont'jus Pilatus säuken wi,
Arbeit dei Kierl villicht bi di?"
Un dei röppt trügg: „Wotau wisst weiten,
Woans mien Maschinisten heiten?"
„Will 'k gor nich weiten, frag blot an,
Wo man denn' Kierl woll finnen kann.
Em möten doch dei Uhren kling'n
Sien Ollsch is hier, will 't Frühstück bring'n!"

HÄNGT ALLS VON'E MOD AF

As mien Vadder 1946 ut Gefangenschaft kem, harr hei nich mihr väl Hor up'n Kopp. Wat dor nu noch as ein nah vörn apen Kranz üm sien Glatz rüm tau finn'n wier, plägte hei mit väl Leiw. Ick hew mi as lütt Jung ümmer wunnert, wat hei bi dei poor Hor dörch Kamm un Böst noch utrichten wull. Hüt, wo dat up mienen Kopp nich väl anners utsüht, begriep ick dat.

Minsch sin, fangt up' Kopp an, wier sien Motto un wenn hei 'n lütting bäten unorrig an'n Kopp utsehg, güng hei tau'n Balbier. Bi denn' harr hei all vör 'n Krieg up 'n Stauhl setten un dorbi blew dat. Bevör hei tau em güng, musterte hei mienen Brauder un mi kort un säd je nah 'n Taustand up uns' Köpp: „Is noch nich nödig" orer „Ick frag Böhnke, wann ji kamen könnt." Nu künn ein je denken, dat 'n sick bi Böhnke anmell'n müsst. Nee, dei Lüd kemen, as sei Lust harrn. Wenn all 'n poor in'n „Salon" seten, dat 't woll noch 'n bäten duern würd, künn 'n sick ut Böhnkes Waschkoek 'n Buddel Bier halen un dei Tiet mit 'n Klönschnack dotschlan. Dei mihrsten vertellten ümmer blot oewer 'n Krieg, von Gefangenschaft un von Wiewer. Nix för lütte Jungs! Dorüm wier an'n Dunnersdag Kinnerhorschnieden, morgens kregen dei Lütten denn „Pisspottschnitt" un Nahmiddags dei Schäuler. Mit dei Handschermaschin fuhrwarkte hei poormal üm uns' Köpp rüm, bet dei Uhren frie wiern un denn' stoppligen Rest schned hei mit Kamm un Schier up twei Finger breit kort. Sehg würklich so ut, as harrn wi 'n Pott up 'n Kopp hadd un hei harr blot üm rüm schnäden.

Ick wier olt naug, üm allein nah'n Friseur tau gahn, man dat wull mien Mudder nich. Sei makte mienen Brauder, dei vier Johr öller as ick wier, tau'n „Uppasser". Man dor stäkte noch wat anners achter: Mien Brauder kreg dat Geld aftellt in'e Hand, wat hei Böhnke nah 't Schnieden uthännigen süll. För jeden Kopp föftig Penning un twintig Penning „Drinkgeld". Mi hett 't ümmer argert, dat Böhnke för denn' Pisspottschnitt twintig Penning extra kreg. Ick hew dat woll ok eins seggt un dorüm trugte mien Mudder mi „Windhund" nich oewer'n Weg. Mit Recht! Ick harr doch Böhnke dat Drinkgeld nich gäwen, nee, dat harr 'k leiwer verschwutscht.

As ick denn späder dei Dierns nahkek, güng ick nah 'n annern Friseur. Einen, dei fragte, wat dat Fassong orer Rundschitt sin süll, oewer nich mihr för föftig Penning.

Horschnieden is mit dei Tiet ümmer dürer worden. Dat hett mi oewer nich wieder stürt, denn ick hüll dat mien Läwen lang mit mien'n Vadder: Minsch sin, fangt up'n Kopp an. Blot bi dei Seefohrt wier 'k nich so pinibel. Worüm ok, wi harrn je kein Frugens an Burd.

Mien Enkelsön süht, wenn 'n dat rechtens nümmt, je ok orrig an'n Kopp ut, oewer ..., man dat is 'n eigen Geschicht:

Paul hett all as lütt Jung giern in'n Speigel käken un dat is bet hüt so bläwen. Tauierst harr hei ümmer 'n Igelschnitt, man mit dei Tiet würden dei Hor länger. Hei is intwüschen achtteigen, 'n Meter nägentig un 'n staatschen Kierl. Wat an em besonners upföllt, is dat vulle, blonde Hoor, wat hei so dröcht, as Richard Gere in sien besten Johren.

Körtens bimmelte dat bi uns un as mien Fru up makte, gew sei wat in so'n jämmerlichen Ton von sick, dat mi grugen würd. Ick störte nah 'n Flur. Dor stünn Paul mit 'n kahlschert Kopp. Mien Fru hüll ehr Hänn oewer 't Hart, schürrköppte un kreg sick gor nich wedder in:

„Wo sünd Dien schön'n Hor bläwen! Nee, Jung, nee, worüm hest Du Di blot so verrungenieren laten?"

Ick möt taugäwen, mit sien Utseihn müsst ick ierst trecht kamen. Man, so dömlich sehg hei gornich ut ... Oewer för uns wier 't up nüchtern Magen ierst 'n Schock.

As wi nahst an'n Kaffeedisch seten, frög ick em, wat dei Dierns tau sien nieg Outfit seggen daun? So bi soebentig Perzent finn'n dat gaut, kreg ick as Antwurt.

Paul wier all lang ut dei Dör, dunn wunnerwarkte mien Fru ümmer noch:

„Let sick denn' Kopp balbier'n, as wenn hei Lüs hett, nee, ick kann 't nich faten!"

Generationen hebben ein Vermögen för Barkenhorwader, Pomaden, Brillantin, Massagen, Ieswader un wat süss noch alls utgäwen, dat letzt Geld för 'n Hortransplantation tausamenpumpt orer Prüken köfft, blot dat sei an'n Kopp minschlich utseihn. Un denn ward dei ganze Mäuh von so'n dömlichen Trend taunicht makt. Ick wull dei Sak all mit „Kinnings un Lüd, wat hebben wi blot för Tieden" afdaun, oewer denn hew 'k mi seggt: Verännert sick je egalweg wat. Wenn nu 'n kahlschert Kopp Mod is, worüm nich? So'n Horschnitt is säker recht kommod. Süll ick dat nich ok eins versäuken?

NAVI ORER NAVIGATOR?

Ümmer, wenn wi bether mit uns' Auto unnerwegs wiern, hett mien Fru führt un ick wier dei Navigator. Is ok eins vörkamen, dat ick denn' Autoatlas falsch utdüt hew.

As mien Fru körtens von'n Vörmiddag bi „Dei Harwsttietlosen" (dat 's 'n Frugens-Rentner-Club) trüggkem, hett sei näben väl anner Nieglichkeiten ok 'n Bericht oewer ein GPS mitbröcht, wat dei Afkörtung von Global Positioning System is. Ursula Plaschke, Lihrerin a.D., harr sick vör knapp achtig Euro bi einen Läwensmitteldiscounter dat GPS-Navi „Sure" köfft un 't oewer 'n gräunen Klee lawt:

„Du möst nich mihr dei Verkihrsschiller säuken, kickst di nich mihr dei Ogen nah Stratennamen orer Husnummern ut 'n Kopp, sitzt locker achter dat Stüerrad un lötst di von't Navi lenken. Dit kümmt di vör", harr sei seggt, „as wenn ein Engelsstimm di dörch all dei Ümleitungen, Bustell'n un Staus säker bet an 't Ziel bringt, ok wenn dat Hunnerte Kilometer weg is. Un dat alls för blot 79 Euro un 99 Cent!"

Plaschkesch kenn ick un weit, dat sei gaut räden kann un fix Lüd oewertügt kriggt. Dor harr sei sick all tau DDR-Tieden up spezialisiert, as sei in'e Schaul näben Geographie noch vör „Agitprop" taustännig wier. Ick hew mi dorüm ierst 'n bäten trüggholl'n, as mien Fru denn' Vörschlag makte:

„Ick mücht giern, dat wi uns so'n Navi köpen. Dat wier doch wat. Du möst di nich mihr mit denn' dicken Auto-Atlas rümargern un kannst di dei Landschaft ankieken. Ick hür blot noch up dei Engelsstimm un schwuppdiwupp sünd wi dor, wo wi hen will'n."

Weil ick von moderne Technik andan bün un so'n Wunnerwark hütigendags jewoll in jedein Auto hürt, hew ick 'n bäten wat tögerig taustimmt un wi hebben dat Navi köfft.

Uns' Teststreck wier Rostock – Schwerin un trügg: „Sure" süll denn' körtesten Weg säuken, dat harrn wi em input't. As wi up dei A 20 kort vör Zurow wiern, täuwte ick up dei Wiesung tau't Afbögen, oewer dor kem nix. Sühso, dacht ick, denn ward hei uns woll tau dat niege Stück Autobahn von Krüz Wismer bet nah Jesendörp lotsen. Ded hei oewer ok nich, sien Engelsstimm schweg sick ut. Ierst kort vör Wismer-Midd kregen wi Order, dei A 20 tau verlaten. Obschonst mien Fru 'n Finger up ehr Lippen leggt harr, trugte ick mi liekers tau seggen:

„Bäten ümständlich schient hei oewer tau ..."

„Pst!", kreg ick von linksch tau hüren, „Hei bestimmt hüt, wo 't lang geiht!"

Intwüschen harr ick denn' Auto-Atlas ut dei Tasch achter mienen Sitz treckt un führte stillschwiegens mit 'n Finger up dei Landkort achter dei Navi-Anwiesungen her. Dei körtst Streck wier dat wohrhaftig nich, oewer man künn so ok an 't Ziel kamen. Gliek müsst hei seggen: Nah linksch afbögen un denn kort vör 'n Ring rup up dei Schweriner Chaussee. As oewer dat Kommando „Nah rechtsch afbögen!" kem, zuckte ick vör Schreck tausamen.

„Hest du Angst för em, orer wat is di äben in 't Liew schaten?", frög mien Fru un wull sick dallachen. Denn gew sei Gas un dat Schild „Ratzeburg 53 km Gadebusch 30 km" blew achterut. Wull dit Aas würklich oewer Gadebusch orer gor Ratzeburg mit uns nah Schwerin? Nee, ganz so dull hett hei 't denn nich dräwen, kort vör Mühlen Eichsen kreg hei noch dei Kurv, un wi rullten nu von Westen ut nah uns' Landeshauptstadt rin; nich von Osten, as süss, wenn wi oewer Cambs führen. Wat nu? Von disse Siet ut harrn wi Schwerin noch nie nich kenn'nlihrt. Dat Navi schweg sick ut. Klor, so'n Stadt is grot un hei künn je nich raden, wo wi uns' Auto afstell'n wullen.

Nu weit jederein in Mäkelborg, dat dei Schweriner mit ehr Einbahnstraten giern Voss un Haas spälen. Hüt sünd sei hier, morgen sünd sei dor. Un denn illuminier'n sei ehr Urtschaft je ok dagsoewer oft eins mit Blitzlicht. Dortau kümmt, dat sick woll ümmer noch ein Schuss Jagdfewer in ehr Obotritenblaut rögt un sei 't dorüm nich laten können, egalweg Fallgruben uttauhäben. Männigmal lieden ganze Stratentög unner dissen Drang. Kein Wunner, dat mien Fru bannig vörsichtig dörch dat för uns frömde Rebeit stüerte un ierst wedder bäten mihr up 't Pedal peddte, as wi in vertrugt Fohrwader kemen.

Uns' Auto stünn nu dor, wo 't ümmer steiht, wenn wi nah Schwerin führn un wi vernüchterten uns dor, wo wi 't ümmer daun, in't Café an'n Markt. Dei Utwertung von uns' Testfohrt schlöt mien Fru mit dei Würd af:

„Mit so'n Navi führt sick dat gaut. Würklich, sogor sihr gaut un ‚Sure' hett uns, as sien Nam dat je will, säker an 't Ziel bröcht. Blot, dat hei uns orrig wat an Tiet un Kilometer mihr afknöpt hett, as för dei Streck nödig wäst wiern, dat argert mi bannig!"

För dei Trüggfohrt wull „Sure" uns oewer Lulu lotsen: „Bug em af", säd mien Fru, „ick glöw, hei weit östlich von'e Elw nich Bescheid. Legg em man in 't Handschauhfack. Ick will för 't Ierst nix mihr von em hürn un seihn. Oewer wenn wi tau dei Plattdütschen Daag nah Bad Bevensen führn, testen wi em noch eins. Un wenn hei uns westlich von'e Elw, wo sei em makt hebben, wedder an'e Näs rümführt, kümmt hei in 'n Schrott!"

Intwüschen is dat „Schnäppchen" woll all dörch denn' Hochaben. Un bi uns geiht dat wedder so as bether: Mien Fru stüert un ick bün dei Navigator.

Dei Rapp

As enzelt Plant giwt s' nich väl her.
Man hürt sei tau dat Bläuhdenmeer,
Wat lüchtend gäl un nich tau knapp,
Nu Feller ziert, denn is dat Rapp.

Un dei ward anbugt as noch nie.
Weil w' Dank uns Autoindustrie
Sien Öl, anstatt dörch unsen Magen,
Nu ok noch dörch denn' Motor jagen.

Halw Mäkelborg, fählt woll nich väl,
Farwt sick upstunns zitronengäl.
Streng-säut, as ok sien Honnig schmeckt,
Dei Rapp-Duft oewer 't Land hen treckt.

Von'n Rapp inrahmt, ein Dörp dor liggt,
Bet an denn' Horizont klor Sicht,
Poor Wulken blot, süss blag dei Häwen,
So'n Tiet mücht ick noch oft beläwen!

NIEGES UT DEI KANZLEI

„Na, Herr Krummholt", seggt Anwalt Buck, „ok eins bi Dag unnerwägens? Sei Ehr Tiet is doch süss dei Nacht. Wat kann 'k för Sei daun?"

„Herr Anwalt, Sei kenn'n mien Sorgen je. Ick bruk weddereins 'n Alibi."

„Wat säden Sei äben, ein Alibi? Hebben Sei noch nix von dei Justizreform hürt? Wi Anwälte möten nu ok spor'n, so ähnlich, as dei Dokters mit dei Gesundheitsreform. Wi können nich mihr för denn' Klienten alls pratstell'n. Wi möten uns an dei niegen Vörschriften holl'n, süss warden uns dei Honorare beschnäden."

„Oewer Herr Anwalt Buck, ick bün doch sotauseggen Stammklient un hew doch ümmer gaut un pünktlich bitahlt!"

„Mien leiw Herr Krummholt, dor sall sick ok nix an ännern, is man blot so, dat ick Sei kein Alibi mihr vermitteln kann. Wurans wier 't denn mit 'n Blibi orer Clibi?"

„Herr Buck, hüren S' doch mit so'n Schnack up. Wat sall dat heiten Blibi orer Clibi?"

„Leiw Herr Krummholt, denken S' eins bäten nah. Wenn S' sick Sei Ehr Medikamente ut dei Apteik halen, wat passiert? As Utwirkung von'e Gesundheitsreform kriegen Sei niegerdings Tabletten, dei twors denn' glieken Wirkstoff hebben, oewer ganz anners heiten un ok in ein anner Verpackung stäken. Generika heiten disse Uttuschmedikamente. Dei sünd billiger un so geiht dat nu ok bi uns tau."

„Ja, nee, mit dei Medikamenten, dat weit ick, oewer wat hett dit mit mien Alibi tau daun?"

„Herr Krummholt, hüren S' tau. Ick will Sei dat verklor'n. Mit dat Alibi sünd Sei bether ümmer von uns' Anwälte bedeint worden. Oewer dei sünd intwüschen tau düer. Wenn ick Sei nu 'n Blibi vermittel, kriegen Sei dat Passwurt „Kaszuby" un ein Telefonnummer. Melden deit sick denn Anwalt Katschinski ut Katowice un dei stellt ok dei Tügen. Dei Tügen schnacken twors nich besonners gaut dütsch, oewer bether sünd wi bi alle Gerichte mit dörchkamen."

„Un wat is mit dat Clibi?"

„Nich väl anners. Dor heit dat Passwurd „Dobrudscha" un dei Anwalt Rumanescu. Dei sitt in Bukarest. Sien Tügen spräken Söbenbürgendütsch. Nich einfach för dei Richter tau verstahn, hett süss oewer ümmer ganz gaut klappt mit dei Jungs."

„Un, Herr Buck, seggen S' eins, giw 't denn ok noch ein Dlibi?"

„Dor würd 'k nich tau raden, Krummholt. Dat Passwurd vör dei Vermittlung heit „Stolitschnaja" un dei Anwalt Schaitanow sitt in Novosibirsk. Sien Tügen könn'n kein Wurt Dütsch, beherrschen oewer exellent dei Gebärdensprak. Dat Dlibi is twors in'e Grundvermittlung billig, kann oewer bi Striet vör ’t Gericht bannig düer warden. Wat ein Kalaschnikow is, weiten Sei doch, nich?“

„Üm Himmels Will’n blot nich sowat. Herr Buck, könn w’ dat nich so laten, as bether un Sei vermitteln mi ’n Alibi?“

„Krummholt, nu warden S’ man nich oewermäudig. Wat maken Sei schon Grotorrig’s? Mit dat, wat Sei ut dei poor Geldschränk halen, dei Sei in’n Maand knacken, könn S’ man grad dei Müler an Ehr’n Disch stoppen. Sei hebben kein konstant Inkamen un blot ’n poor Dusend up’e Kant! Dat sünd doch kein Säkerheiten för mi. Je, wenn Sei dei Lichtensteiner Nummernkonten utfingeriert orer dat Prämienkonto von dei Dütsche Bank knackt harrn, denn sehg ’t anners ut, oewer so …“

NOCH EINS GAUT GAHN

Dat jüngst Mitglied in dei Landwirtschaftliche Produktionsgenossenschaft (LPG) „Vorwärts“ wier Armin Krajewski. As dei LPG 1991 in ein Agrar-GmbH ümwannelt würd, müssten väle Mitglieder gahn. Armin nich, denn dei olle Vörsitter un nu niege Boss Paul Krönke wüsst, wat hei an em harr. „Kraki“, as sei em ropen deden, künn för twei arbeiten. Un noch wat, dei Jung harr man grad so dei acht Klass schafft, oewer wieder nix lihrt. Krönke brukte nich deip in'e Tasch tau langen, wenn 't üm Krakis Lohn güng.

Anna Krajewski, Armins Mudder, wier drei Johr vör dei Wend in'n LPG-Kauhstall bi't Melken von 'n Hüker kippt. Schlaganfall stünn up denn' Dodenschien. As dat passierte, wier Kraki achteigen. Bet up Tanten Emmi, dei nich wiet af in ein Lüttstadt wahnte, harr hei wieder kein Verwandtschaft. Sien Mudder hett em woll späder vertell'n wullt, weckerein sien Vadder wier, harr dit Vörhebben oewer mit in 't Graw nahmen. Üm dat Gräwnis kümmerte sick dei LPG. Dei Vörsitter kümmerte sick üm Kraki. Hei mücht denn' Bengel lieden un künn so'n stukigen, jungschen Kierl gaut in sien Wirtschaft bruken. Kraki würd ahn väl Gewäs in'e LPG upnahmen. Hei wahnte wieder in dei ärmlich inricht Wahnung in ein von dei Daglöhnerkaten. Sien Mudder harr nie nich ein

Konto hadd. In'n Kökenschrank fünn hei nah ehren Dod blot 'n poor Schiens un bäten Lüttgeld.

Kraki harr twors dunnmals up LPG-Kosten denn' Führerschien makt, oewer ein eigen Auto führte hei nich. Ok all dei anner Kram, as 'n Fernseh, Computer orer Handy, wier nix för em. Dit harr Kraki sick bilütten inräd un vertellte dat, wenn dei Sprak up kem. Ein bäten woll ok dorüm, wieldat hei sick bi sien Inkamen sowat je gor nich leisten künn. As denn Tanten Emmi dei Ogen taumakte un hei ehr Sporbauk mit bäten mihr as 15 000 Euro arwte, ännerte sick dit. Hei köffte 'n lütten Opel, leggte sick ein Handy tau un bald montierte Elektro-Heinze ein Schöttel an 'n Husgäwel, stellte in't Wahnzimmer einen Flachbild-Fernseh up un wieste Kraki, woans hei mit denn' Sat.-Receiver ümgahn müsst. Wat Tanten Emmi sich in väle Johr tausamensport harr, harr hei in 'n poor Daag utgäwen. As hei sick an dei Köperie gewöhnt harr, wier alls all wedder vörbi. Vier Saken harrn up sien Inköpslist stahn. Drei harr hei sick leist. Oewer för denn' Klapp-PC reikten dei Euros nich mihr. Dat wier argerlich, wo doch dei mihrsten von sien Bekanntschaft so'n Ding harr'n. Kraki füng an tau sinn'n. Woans künn hei tau Geld kamen? Dusend Euro würden je reiken, man woher nähmen?

Kraki kreg Hülp von sienen niegen Fernseh. Eines Dags sehg hei wat in'n Krimmi, wat em inlüchten ded. Hei füng an, mit dat Fiernglas, wat em Krönke tau'n 25. Geburtsdag schenkt harr, oll Siewertsch uttauspioniern. Dei harr so, as sien Mudder, in'e LPG dei Käuh melkt, nu wier sei Rentnerin un läwte mit Dackel Waldi in ehr Niebuernhus achtern Gautspark. Dor müsst doch wat tau maken sien! Twei Mal dei Woch führte Sievertsch mit 't Fohrrad tau Stadt. Sei wier denn minnestens drei Stunn unnerwägens, wenn s' noch tau'n Dokter orer nah 'n Friseur müsst, künn dat ok länger duern. Waldi nähm sei nie nich mit. Denn' spunnte sei in 'n Stall in. Sievertsch harr all langen kein Schlott mihr vör ehr Stalldör, sei stäkte blot 'n Pricken in 'n Kramp. Wenn sei ok ein bäten oldmodsch wier, Telefon harr sei sick leggen laten un sogor so'n nieg Ding köfft, wo anner Lüd ehr wat rupspräken künn'n, wenn sei nich tau Hus wier. Dat harr sei dunn jedein'n in't Dörp vertellt.

As Sievertsch wedder eins up Tour wier, halte Kraki Waldi ut 'n Stall un nähm em mit nah Hus. Dat güng ahn Malesss. Dei Dörpköter kennten em je all. Denn röp hei mit sien Handy bi Sievertsch an un sprök mit verstellt Stimm, wat hei daaglang äuwt harr, up 't Band:

„Fru Sievert, wenn Sei Ehren Waldi wedder seihn will'n, holl'n Sei sick strikt an miene Anwiesungen. Halen Sei furts Dusend Euro von'e Bank un stäken dei in 'n Breifümschlag. Hüt Abend, Klock teigen, wenn ’t all düster is, leggen S’ em up ’n Kirchhoff achter denn’ Grawstein von Sei Ehren Mann. Denn gahn Sei furtsen wedder nah Hus, schluten achter sick af un bliewen dei Nacht oewer Tauhus. Annern morgen is Waldi wedder in’n Stall. Kein Polizei, dat künn Waldi dat Läwen kosten!“

Hei stäkte sien Handy in’e Tasch, grifflachte, hüppte as Rumpelstielschen in sien Stuw rüm un süng:

„Sei ward alls so maken, as ick dat seggt hew, denn Waldi is je ehr ein un ehr alls. Sei ward anbieten un dat Lösegeld halen! Un ick hew hüt abend Dusend Piepen för mienen PC in’e Tasch!“

Un richtig, as hei sick dacht harr, kem Sievertsch bäten späder trügg un stellte ehr Rad an’e Gornpurt af. Kraki let dat Niebuernhus nich ut dei Ogen. Denn sehg hei, dat Sievertsch ut dei Husdör störte, sick dat Rad schnappte un ielig wegführte. Hei sett’e sick taufräden in’n Sessel, makte sick ’n Buddel Bier up un täuwte gedürig af, bet dat schummern würd.

In’n Düstern schlek Kraki tau’n Kirchhoff. As hei achtern Sievertschen Grawstein grawwelte, kreg hei bald tau faten, wat hei söchte. Denn’ dicken Ümschlag stök hei fix in sien Büxentasch un wull nah Hus. Dor dröp em dei Strahl von ein Taschenlamp un hei hürte Krönkes grawe Stimm:

„Kraki, dat dömlich Spill is ut! Du geihst nu ahn Wedderwürd mit mi tau dat Hus von Fru Sievert, denn wi hebben väl tau bespräken. Oewer vörher gahn wi noch bi di vörbi un halen Waldi af.“

Kraki bäwerte an’n ganzen Liew, as sei bi Siewertsch in’e Wahnstuw stünn’n.

Wo künn dit angahn? Woher wüssten sei, wat hei plant harr?

As wenn hei Gedanken läsen künn, säd Krönke:

„Wenn du di all ’n Handy köffst, möst dormit oewer ok ümgahn könn’n. Du hest twors dien Stimm bäten ännert un denn’ mall’n Kram mit dat Lösegeld up Fru Sieverts Anropbeantwurter spraken, oewer dat Handy nich utmakt un so würd alls anner ok upnahmen. Man gaut, dat du so’n Düsbüddel wierst. Un du kannst von Glück seggen, dat Fru Sievert nich dei Polizei tau Hülp halt hett, sonnern mi!“

Oll Sievertsch kek em scharp an:

„Glöw nich, dat du ahn Denkzettel von af kümmst! Mi föllt dei Arbeit üm ’t Hus rüm un in’n Gorn all bannig schwer. Un dat du nich wedder up dömlich Gedanken kümmst, sasst du mi dorbi helpen. Disse Idee kümmt von dienen Chef. In’n Ümschlag, denn’ du jewoll noch in’e Büxentasch hest, stäken kein Euros, nee, blot ’n lütt Notizblock. Dei Bläder dorvon kannst nähmen un dei Stunn upschriewen, dei du bi mi rackert hest. Wi unnerschriewen beid’ un denn giwst du em bi Krönke af. Föftig Stunn möst för denn’ Schreck, denn’ du mi injagd hest, umsüss arbeiten, dornah bitahl ick di.“

„Un an't Wochenend", säd Krönke, „fangst all an dei Supp ut tau löppeln, dei du di inbrockt hest, ahn Gnatzen un Meckern. Un mark di, oewer dissen Beschluss ward mit wieder kein'ein räd! Kümmt wat rut, giwt Arger! Un noch wat. Ward twors 'n orrig Tiet duern, oewer eines Dags warst woll naug Geld för 'n Klapp-PC mit dien Stunn-Zettel tausamen hebben, wenn du di denn oewerhaupt noch einen köpen wisst!"

Kraki harr hen un wenn mit 'n Kopp nickt, oewer nix seggt. Krönke gew Sievertsch stillschwiegend dei Hand un kloppte sacht up ehr Schuller. Sei verstünn em ahn Würd. Hei nähm Kraki bi'n Arm un güng mit em tau sienen Daglöhnerkaten röwer. Lang nah Geisterstunn güng dor ierst dat Licht ut.

OEWER WENN FRUGENSLÜD TELEFONIER'N ...

Wenn Mannslüd nich grad oewer Fautball, Autos orer Angeln vertell'n, holl'n sei sick bi't Telefonier'n nich langen up. Bevör sei denn' Hürer in'e Hand nähmen, hebben sei sick mihrstendeils all trechtleggt, wat sei seggen will'n. Dorüm is so'n Anrop kort un knapp. Wenn sei gaut an'e Mütz sünd, heit dat tau'n Schluss villicht: „Schönen Dag noch!", mihr oewer ok nich. Un wenn sei mit 'n Knoewelschnacker anklingeln, geiht 't noch fixer, denn sei weiten, dat disse Oes jedein Wurt oewer 'n Satellit lopen laten, wat bannig düer is.

Dat Telefonier'n bi Mannslüd, säd körtens ein Kunstkritiker, is tau verglieken mit dei Upführung von ein Drama in'e Provinz. Oewer wenn Frugenslüd telefonier'n, is dat grote Oper mit Glanz un Gloria. Dor is wat Wohres an. Ok wenn wi dat nich giern taugäwen, in dissen Fall sünd dei Frugens uns oewer. Dat 't so is, liggt an't feminine Kommunikationsmuster, wat 'n bäten anners is, as dat von'e Kirls. Allein bi denn' Gedanken: „Ick künn je eins wo anbimmeln", reagiert ehr Gehirn in Millisekunden. Dusende Relais schalten automatisch up: „Anrop!" un up 'n Schlag stahn an 50 Namen mit ehr Telefonnummern prat. Oewer dei nich allein. Dor sünd ok

Hunnerte Gerüchte, Leiwsgeschichten orer Strietfragen in Bereitschaft. Un dei können noch miteinanner verknüppt, uttuscht orer multipliziert warden. Wenn dor noch ehr Phantasie tau kümmt, hebben sei einen Fundus, von denn' Mannslüd blot drömen könn'n. Sei kriegen ut dissen Fundus soväl Würd up dei Tung leggt, dat s' blot so oewer ehr Lippen sprudeln. Doch sei weiten instinktiv ok, wann sei sick trüggholl'n möten. Tau'n Bispill, wenn sei einen Anrop kriegen. Denn setten sei sick in 'n Sessel, schlagen dei Bein oewereinanner un seggen ierst-eins blot „Hallo". Nich gauden Morgen, gauden Dag orer gor: „Hier spräkt Inga Lorenz-Möller." Nich doch. Sei seggen „Hallo" mit so'n Sexy-Unnerton, weil dei Anroper möglicherwies je ein Kirl sin künn. Wenn 't oewer ehr Fründin is, wesseln sei dei Taktik un hebben up 'n Stutz dat Problem bi dei Uhren, wat sei gistern nich tauend diskutierten.

Uns' Frugens sünd gaude Rhetoriker. Sei weiten weckern Köder sei up 'n Haken stäken möten, dormit dei Spräkpartner anbitt. Wenn bispillswies Inga Lorenz-Möller mitkrägen hett, dat ehr Fründin anröppt, nümmt sei denn' Unnerton ut dat „Hallo", bammelt noch „Leiw Micki" ran un treckt gliek denn' Gesprächsfaden so fast, dat dei anner iersteins nich tau Wurt kümmt:

„Gaut, dat du anropen deist. Ick hew gistern nich recht mitkrägen, hest du dienen Ex-Mann in'n Dezember 85 up Malle kenn'nlihrt orer wier dat in Garmisch? Vergät dien Räd nich. Weißt wecker ok nah Malle fleigen will? Dicke Sievertsch ut dei Blaumenstrat. Glöwt dei würklich, dat dor einer up sei täuwt? Hest du gistern noch up mi täuwt? Nee, wier je nah 't Kino ok tau lat. Tau lat is dat för sei eigentlich nich – ick mein Sievertsch – wenn s' man nich so dick wier. Sei 's je ierst föftig Johr olt. Apropos olt. Disse Anti-Aging-Creme ut 'n Tchibo-Shop, orer wur harren wi dei noch köfft, döcht in'e Wöddel nix. Dor hest naher je mihr Falten as vörher. Gaut, dat mi dat noch inföllt. Treckst du tau't Kunzert hüt dienen Faltenrock an? Ja? Na denn gah ick in Büxen un denn' lila Pulli, dei so schön knasch sitt. Micki, lat di ierst dat Allerniegst vertell'n. Hei sitt! Nee, ja, mien Pullover ok. Hei hett doch dei Unnerschlagungen makt. Ja, ick mein denn' Direkter von'e Sporkass. Herregott oewer ok, dor möt ick je ok noch hen. So is 't recht, tau't Kunzert gahn un keinen Cent in'e Tasch hebben. Blot dat du dat weißt, Micki, ick nähm hüt abend kein Tasch mit. Ick hoff, dat Bäcker Krüger nich tau't Kunzert kümmt, disse malle Kirl. Doch trügg, wians wier dat denn, hest du dienen Ex-Mann nu up Malle kenn'nlihrt orer in Garmisch. Kiek an, doch in Garmisch, Dezember 85. Kinner, nee, wo dei Tiet doch löppt. Mi is so, as wier 't gistern. Un noch wat, Micki, hest gistern markt, wat dei Stüerberader ut dei

Wischenstrat mi för Ogen makt hett? Ick denk, dor künn wat ut warden. Wat is? Du wisst ok eins tau Wurt kamen? Micki, spräk di rein ut. Ick hür nipp tau, as ümmer."

Dei Würd von Micki gahn in ehr ein Uhr rin un ut dat anner rut. Oewer binnen warden sei filtert. Wat för 'n Klatsch tau bruken is, kümmt in'n Fundus.

Un nu tau noch ein Eigenort von Frugenslüd: Sei könn'n välspurig, sogor stereo upnähmen. Inga süht grad „Liebende Herzen" in'n Fernseh, hürt näbenbi Nahrichten in't Radio un makt ehren Klönschnack mit Micki. Wiesen S' mi denn' Mann, dei dat kann! Wenn ick mit uns' Bekanntschaft telefonier'n will, gah ick in mienen PC-Rum, dormit ick allein bün. Klappt oewer nich ümmer. Hett mien Fru ierst mitkrägen, weckern ick an'e Stripp hew, will sei ok noch wat los warden un räd mi dor twüschen:

„Frag Jochen doch eins, wat hei all …"

Kort nah ehr iersten Würd krieg ick hürtechnisch 'n Blackout. Dei Trummelfelle registrier'n twors noch wat, man mien Brägen streikt. Dei Würd hebben sick ineinanner verkielt, sünd nich mihr up dei Reih tau kriegen, bi'n besten Will'n nich. Ick hew wedder eins an mien Grenz stött …

OPA UN GÜTTLER

As wi dörch Prebberede führten, säd mien Enkelsöhn: „Wenn sick hier einer vör Langewiel ut 't Finster stört, künn ick em dat nich oewelnähmen."

So'n „Imponiergehabe" mit 'n „flotten Spruch" hebben dei Jungschen hütigendags je fix eins, man weckein würd dit Dörp woll kenn'n, wenn dor nich dat „Schlosspark-Festival" stattfinn'n ded, oewer Johr all tau'n 14. Mal.

Wat lockt ümmer wedder an Vierdusend Minschen in denn' Park? Dat is dei grotorrig Mischung von Volksfest un Kunst, un unner sick, oewer liekers middenmank tau sin. Bi Äten un Drinken, Schnacken, Hoegen un Besinnen kümmt in Prebberede ein Stimmung up, dei 't woanners woll kum giwt. Keinein markt, wo dei Tiet bliwt, bet Klock acht tau 'n kulturellen Nahdisch Perfesser Ludwig Güttler, as Dirigent un Solist, mit dei Mäkelborger Kammersolisten Musik makt.

Wi harrn einen gauden Platz funn'n, nich wiet af von dei Bühn. Vör uns seten twei Frugens mit ehr Kierls un ein recht oll Mann an'n Disch. Ehr Räden nah wiern sei sien Enkeldöchter. Sei harrn „Opa" twüschen sick hen sett, hei brukte woll 'n bäten Uppassung. Ick künn ehr Unnerhollung gaut verstahn, ok dat, wat Opa mit sien öllerhaft, hoge Stimm säd. As Güttler dat Mikrofon tau Hand nähm un vertellte, wat Schöns hei för dat „Klassik-Open-Air" Kunzert rutsöcht harr, kreg Opa Anwiesung, tau schwiegen, solang dat Orchester spälte.

Dat wier schummrig worden, dei iersten Stierns blänkerten an'n Häwen un up männigweck Dischen stäkten Lüd Teelichten an. Wat för 'n komodig Sommerabend! Denn würd dat musing still un dei Tauhürer lähnten sick trügg, üm von Händels „Suite D-Dur" keinen Ton tau verpassen. As dat Stück tau End wier, un dei Lüd utklatscht harrn, säd Opa:

„Wat is dit för 'n Gefiedel un Gepiep, spält hüt kein Blasmusik?"

„Nee, oewer disse Musik is je ok ganz schön un nu schwieg man still", begäuschte em ein von sien Enkeldöchter.

Denn spälten dei Kammersolisten wieder un bröchten uns mit Mozarts „Eine kleine Nachtmusik" tau'n Drömen. Ut mienen Drom ret mi Opas Stimm: „Dei Muskanten hebben woll noch kein Schacht krägen. Dei spälen je ümmer dat Sülwig. Könn'n dei nix anners?" Nu grep dei tweit Enkeldochter in. Man ehr Ton wier orrig wat scharper:

„Opa, wäs still, orer annern Dag giwt keinen Kauken tau 'n Kaffee!" An't End von Försters „Konzert Es-Dur", spitzte ick all mien Uhr'n un hürte Opa fragen: „Singt hüt Schöbel nich?"

„Nee, wat büst du all tüderig. Wisst uns woll vör dei Lüd hier blamier'n? Holl dei Luft an un wäs still!“, säd nu ein von dei Kierls. Dat herrliche Allegro, Andante un Presto von Galuppis „Sinfonia D-Dur“ wier grad vörbi, as Opa sick wedder mellte: „Ick sall tüderig sin? Un wat is mit denn’ dor, dei ümmer mit so ’n lütten Sticken hantiert? Dei is villicht wat vergätlich. Dreimal hett hei all sien’n Nahwer ‚Gauden Abend‘ seggt un schüddelt em nu noch eins dei Hand!“ Wedder würd Opa alls mögliche andraugt, wenn hei nu nich endlich still wier.

Bi lütten harr ’k mien Hoeg an Opas „Moderation“. Mi interessierte, wat hei nah Schmelzers „Sonate“ woll tau seggen harr. Oewer dit Mal säd hei nix, ick hürte em schnorken. Hei schlöp ok dei Paus dörch. As tau Händels „Music for the Royal Fireworks“ an’t End von denn’ wunnerschönen Abend dei Füerwarks-Raketen denn’ Park illuminierten un so ballerten, dat ’n von Händels Musik kum noch wat hür’n künn, wier Opa up ’n Schlag wak un nich mihr tau holl’n:

„Wum, wum wum, as bi dei Flak, grad so, as dunnmals bi dei Flak. Wum, wum, wum, dat ick dat noch eins beläwen …“ Mihr künn Opa nich seggen, denn ein von sien Enkeldöchter leggte em ’n Finger up dei Lippen un säd: „Pst!“. Opa sackte trügg un muckste sick nich mihr.

Kann woll sin, dat sien Enkeldöchter un ehr Kierls sick oewer em argert hebben. För mi wier ’t wat ganz besonners. Opa un Güttler, so’n Abend war ’k sachten nich noch eins beläwen!

UPSCHNAPPT!

As Möllersch soeb'ntig worden wier,
Flöt orrig wat an Köm un Bier.
Ehr Gäst, dei grepen düchtig tau,
Wat gew dat för 'n Gejuch, Gedau.
Un mit denn' Alkohol in't Blaut,
Rögt sick bi Möllersch Oewermaut.
As set dei Düwel ehr in'n Nacken,
Ward s' up ehr'n Willem rümmerhacken.
Un kreg, harr s' dat doch leiwer laten,
Tau'n Schluss ok noch denn' Sex tau faten,
Kriescht lut, as man sei süss nich kennt:
„Dor is nix mihr, hei 's impotent!"

Dit Wurt, dat makt je fix dei Runn,
Väl Lüd, dei hür'n von disse Kunn.
So ok lütt Fritz, dei nich recht weit,
Wat impotent bedüden deit.

Üm dit nu ok all tau verstahn,
Ward furts hei tau sien Mudding gahn.
Un fragt dei nu: „Ick mücht giern weiten,
Wat 's dat för 'n Wurt, wat mag dat heiten?"

„Gott, Fritz, dor möt 'k ierst oewerleggen,
Wat sall 'k tau disse Sak di seggen?
Ein Bispill helpt, dor bün 'k ganz wiss.
Stell för di, impotent, dat is:
Wenn du mit kakt Spagetti jüst,
Denn noch Mikado spälen wisst."

TRÜGGSTÄKEN

Hanning Düwel wier oewer dörtig Johr lang bi dei DDR-Hochseefischerie tau See führt. Tauierst harr hei, as dei mihrsten jungschen Fischerslüd dunnmals, sien Hüer ümmer fix up 'n Kopp kloppt. Späder, as Hannig verheurat wier un ok all vier Kinner an'n Disch seten, hett hei nah jedein Reis 'n bäten wat up dei hoge Kant leggt. Dat güng, wo sien Fru je ok mit ein vull Lohntüt nah Hus kem. As sei nah dei Wend beid arbeitslos würden, harrn s' soväl vör sick bröcht, dat sei nich as Schnurrer dorstünn'n. Von't Arbeitsamt kregen sei bald tau weiten, dat sei wägen ehr „Öller" nich mihr vermiddelt warden künn'n. Ehr blew nix anners oewer, as dat „Oewergangsgeld" tau betrecken. Up'n Schlag wiern s' „Vorruheständler". Kum harrn s' sick dormit affunn'n, kem all dei nehgst Arger. Ein adlig Kierl klingelte an ehr Husdör un wieste einen Schien vör: Nah denn' Einheitsverdrag hürte em nu dat Hus, wo sei ehr halw Läwen lang in wahnt harrn. Sei müssten uttrecken, wiern oewer mit denn' Herrn Baron oewerein kamen, dat dat nich Hals oewer Kopp gahn süll.

Ierst, as Hanning in't Wahnungsamt mit dei Fust up 'n Disch haugt harr, kregen sei stats ein Twei- ein Dreirumwahnung. In dei „Villa" an'n Stadtrand wiern 135 Quadratmeter ehr eigen wäst, nu müssten sei in'e „Platt" mit dei Hälft utkamen. Up Hannings

Läwensweg wier dat bether ümmer vörfäutsch nah baben gahn. Klor, harr 't ok eins Malessen gäwen, man dei wiern fix tau oewerwinn'n wäst. Man gägen dei niege „Ordnung“ künn hei nix maken un müsst tau't ierst Mal in sien Läwen trüggstäken.

Wat nu? Mit dat, wat jedein Mand up 't Konto leg, künnen sei orrig utkamen, oewer för grote Anschaffungen langte dat nich. Hanning un sien Fru grüwelten nah, woans dat wiedergahn süll un harrn bald 'n Weg funn'n. Noch vör denn' Ümtog sehgen sei sick nah ein Wochenendhus üm, wat mit dat „Hoge-Kant-Geld“ tau bitahlen wier. Wieldat nu je dei mihrsten „Niegen Bundesbörger“ nich mihr an ein'n Urt Urlaub maken, sonnern in'e Weltgeschicht rümreisen wullen, harrn s' all nah 'n poor Daag funnen, wat sei söchten. Dei Kopverdrag wier fix afschlaten un ehr Plan güng up: Sei müssten nix up 'n Müllbarg schmieten; wat nich in dei nieg' Wahnung rinpasste, kem in 'n „Bungalow“ un dei välen Planten, ut 'n Gorn achter dei Villa, denn' Hanning mit väl Leiw anleggt harr, kregen nu up 't „Grundstück“ einen niegen Platz.

Klor, beid wiern leiwer in Lohn un Brot wäst un Hanning drömte männig Nacht von'e Seefohrt, oewer dei niegen Upgawen lenkten af, denn sei harrn up'n Stutz twei „Bustell'n“. Hanning wier för dat Grawe un sien Fru för dat Fine taustännig. Bald wier dei nieg Wahnung un dei Bungalow tau Schick.

Tauierst bitahlten sei Pacht för dat Land, wur dei Bungalow up stünn. Wat späder, as sei dat köpen künn'n, grepen sei tau un köfften noch ein Stück von dei Wisch, dei gägen ehr Grundstück leg. Alls tausamen wiern 't nu an Dusend Quadratmeter, dicht an'e Warnow. Hanning treckte 'n Tun üm dat Anwäsen, plante Hecken, bugte an't Äuwer 'n Steg, köffte ein Boot un ehr „Paradies" wier trecht. Man sei harrn bi all dit Daun nich blot an sick dacht, sonnern ok an ehr Enkelkinner. Un dei kemen in'e Ferien giern un väl nah Mäkelborg in Omas un Opas „Blockhütt", as sei dat ut Holt bugt Hus nömen deden. So vergüng Sommer up Sommer. Denn kemen sei nich mihr, mit dat Öller harrn sei anner Intressen krägen. Hanning bugte dei Duwwelstock-Bedden af un denn' ganzen Bungalow up „Tweimann-Betrieb" üm.

Fohrenslüd möten alle Johr tau'n Dokter. Wenn dei an Jan Maats Gesundheit nix uttausetten hett, kann hei wedder up See. Obschonst Hanning nu je 'n Landrott worden wier, makte hei denn' „Scheck" wieder mit, as wenn hei noch fohren ded. Un dat wier sien Glück, denn in ein Nier un in'e Prostata fünn'n dei Dokters Kräwt. Duerte nich langen un hei wier beides los. Hanning wier nu Kräwtpatient, grad hei, bi denn' in'n gräunen Sozialutwies nix von Krankheiten stünn. So müsst hei tau't tweit Mal in sien Läwen trüggstäken un twors 'n orrig Stück.

Hanning rappelte sick wedder up. Allein harr hei dat woll nich schafft, oewer sien Fru gew em Holt, so as ümmer bether, wenn ’t mal nich recht löp. Nu güng twors alls nich mihr so fix, oewer ehr Wahnung un ehr Grundstück wiern liekers ümmer „tipp-topp“. In’n Winter wahnten sei in’e Stadt un in’n Sommer buten. So harr dat noch langen bliewen künnt. Man denn kreg Hannings Fru tau’t ihrst Mal „Hartflimmern” un dei Dokters wüssten nich recht, woans ehr tau helpen wier. Ierst verschräwen ’s ein Pill un denn würden ’t ümmer mihr. Nu künn sei Hanning up ’t Grundstück nich mihr helpen. Oewer sei fohrte em hen, wieldat hei kein’n Führerschien harr. Sei blew nich dor, halte em oewer annern Dag wedder af, wenn dei Rasen meigt, dei Rabatten plägt, dat heit alls „piko-bello“ wier. Teigen Daag späder wedderhalte sick dat Spill. So güng dat ’n poor Johr lang. Hanning hüll dat Grundstück ümmer in Schuss, harr ok sien Freud an, man ehr „Paradies“ wier’t all langen nich mihr.

Dat bröcht sien Fru denn tau Sprak:

„Hanning, uns’ Kinner hebben sülwen wat un will’n denn’ Bungalow nich. Du kannst em grad noch so bewirtschaften, man för weckern makst du dat? Lat uns alls verköpen.“

Ierst löt Hanning nich mit sick räden, obschonst hei wüsst, dat sien Fru recht harr. Hett bald ’n Johr duert, bet hei sien Taustimmung gew un tau’t drüdd Mal trüggstäken müsst, un dat ded em bannig weih.

In ehren Wahnblock sprök sick fix rüm, dat sei „verköfft“ harrn. Ein Nahwer, denn’ Hanning in’n Keller dröp, wull em woll bäten trösten:

„Kiek Hanning, egal wat kümmt, wi Middsoemtiger hürn noch langen nich tau’t olle Iesen un könn’n ümmer noch Böm utrieten!“

Toegerig nickköppte Hanning un gew denn sienen Nahwer tau verstahn:

„Oewer dei Böm, dei wi noch utrieten könn’n, warden ümmer lütter!“

EIN OLL HUS VERTELLT

(WAT 'T SÜLBEN BELÄWT ORER VON SIEN INWAHNERS TAU HÜR'N KRÄGEN HETT)

Ick hür tau dei Alleestrat, hew dei Nr. 18 un stah unner Denkmalschutz. Oewer Immobilienmakler Wulff will mi afrieten laten, obschonst dat Muerwark un ok dei Dackstauhl noch gaut in Schuss sünd. Man dat steiht nich so in't Gautachten, wat hei för 'n Hümpel Geld hett upsetten laten. Kümmt Wulff hier vörbi, kickt hei mi scheel an. Anners is dat mit denn' Park. Kriegen sien Ogen em tau faten, fangen sei an tau lüchten. Ick stah dor, wo hei dat grote Gästehus henbugen laten will un in'n Park Beautyfarm, dat Fitness-Studio un denn' Swimmingpool. Wulff plant dat nich, üm Patienten wat Gaud's tau daun, schon gornich weck von'e Kass. Ein Born för dei „Rieken un Schönen" sall 't warden, dei em orrig 'n poor Euros in'e Tasch späulen sall. Rieke un Schöne, dei harrn wi hier je all eins öfter ...

David Kirschbaum hett mi 1907 in'n Jugendstil bugen laten. Hei künn dat. Sien Hannel mit „Damen & Herrenmoden" schmet naug af. Up'e rechte Siet harrn all Afkat Winkelmann un Brugerie-Schröder ehr Villen un dei Grundstücke linker Hand wiern dunn grad an Gautsbesitter von Grappen, Bankier Schröppke un Veihhändler Bull verköfft worden. In dit Wahnviertel siedelten sick dei an, dei wat Orrigs up 'n Hinnelsten harrn.

Sien Nahwers harrn dat mit 't Intrecken ielig, David Kirschbaum nich. Halw fardig Saken, as bi denn' Afkaten, künn hei nich lieden. Dei wier 'n Tiet oewer Stein, Schutt un oll Buplanken tau sien Husdör hüppt. Kirschbaum wull denn' Möbelwagen ierst kamen laten, wenn alls sienen Schick harr.

Tauierst let hei üm dat grote Grundstück ein Muer trecken. Up ein Feldsteinfundament stünnen alle twei Meter Pieler un dortwischen harr dei Schmitt einen gussiesern Tun sett, mit enge Trallingen, dei baben ein Spitz drögen. As dei Platten buten för 'n Börgerstieg un binnen bet an dei breide Ingangstrepp verleggt wiern, dei Wäg in'n „Park" Kantstein harrn un mit Kies upschütt wiern, füng dei Gärtner an tau arbeiten. Up dei Stratensiet würden vör 't Hus Rhododendron, Eiben, Ilex un drei Barken plant. Achtern wiern dat Böm un Buschwark för denn' Park. Hier würd ok 'n orrig Flach mit Gras inseid un dei lütt Ielengraben an twei Stell'n as Goldfischdiek anstaut. Wur späder dei Teepavillon un dei Bänk tau'n Utraugen stahn süll'n, harr dei Gärtner lütt rotköppig Poehl in'e Ierd schlagen. För dat, wat Kirschbaum för „Ümthusrüm" utgäwen hett, harr hei sick gaut un giern noch ein Villa bugen laten künnt, säden dei Lüd.

Dei Buherr, mit sien Fru un Kinner, hett väl Freud an mi hadd. Oewer as hei sick von mi trennen müsst, künn hei nich loslaten un so bün ick, wenn 'n so will, sien Verdarwen wäst. Man alls dei Reihg nah: Kirschbaum un sien Fru tröken 1908 mit ehr'n dreijöhrigen Söhn un dei grad ierst burn Dochter in. Dei Tiet bet 1914 wier woll dei Schönst in ehr Läwen. Dagsoewer wier hei achteran, dat sien Kleederhannel orrig wat afschmet un dei jung Fru harr ehr Daun mit dei Lütten. Oewer an männigein'n Abend würd in'e Alleestrat 18 ok mit Frünn un Verwandschaft utlaten fiert. Denn drüng dat Licht von dei Kronlüchter dörch Büsch un Böm bet up dei Strat, wo grote schwatte Limousinen parkten.

Tau Kriegstieden harr sick alls ännert. In Kirschbaums Manufakturen neihgten dei Frugens nu Uniformen för dei kaiserlichen Soldaten. Un wecker so'n bedüdenden Updrag vörstünn, dei würd ok nich intreckt. Obschonst dei Krieg verluren güng, harr Kirschbaum orrig wat an em verdeint. Nah 'n Krieg löp dei Hannel twors 'n bäten tögerig an, oewer bald harr Kirschbaun 'n poor Filialen. Hei wier 'n gauden Geschäftsmann un dorher künn em dei Weltwirtschaftskris ok nich alltauväl anhebben. Sien Geld leg in Immobilien. As dei Nazis an'e Macht kemen, harr Kirschbaum dei Filialen all an sien'n Söhn afgäwen un kümmerte sick blot noch üm 't Stammhus. Ok in sien Villa harr sick wat verännert. Dei Oll'n un ehr Dochter wahnten nu baben un unnen dei Junior mit Schwiegerdochter un Enkelsöhn.

Parterre harr David dunnmals in'n groten Erker dat Privatbüro inricht. Dor set nu an denn' breiden Schriewdisch ut Eikenholt sien Söhn. Hier würden ok Saken afspraken, dei blot dei Kirschbaums un ehr Fründschaft wat angüngen. As dei Nazis driester un luder ehren Judenhass rutschregen, seten in'n Erker nu öfter weck von dei jüdische Koplüd, tauierst ok noch dütsche, üm sick klor tau warden, wat dei Nazipolitik tau bedüden harr. Späder hebben Frünn Kirschbaum raden, in 't Utland tau gahn, wenn hei in Dütschland blew, künn hei Kopp un Kragen riskier'n. Sei säden em ehr Hülp tau, man hei lähnte af, wieldat hei nich loslaten künn. As in dei „Kristallnacht" 1938 ok dei Schiewen von sien Kophüser inschmäten würden un annern Dag „Juda verrecke!" an'e Husdör stünn, wier 't all tau lat. Dat Vermögen würd beschlagnahmt, sei müssten mit 'n „Judenstiern" in'n Rönnstieg lopen un dat gew weck, dei sei anspuckten, as wenn s' Schwerverbräker wiern. 1940 müssten sei ehr Kuffer packen un tau Faut nah 'n Bahnhoff lopen. Wohen sei un väle anner Juden in dei Veihwagons transportiert worden sünd, wüssten dunnmals dei mihrsten Minschen nich. Dat dei Nazis dei Kirschbaums, Dochter, Söhn, Schwiegerdochter un ok denn' lütten Enkel in Auschwitz ümbröcht hebben, würden dei Lüd ierst nah 'n Krieg gewohr. Ick wier nich langen unbewahnt. Reinhold Schroth, in'n NS-Studentenbund mihrst „Unhold" ropen un dunn as Richter achter vörholl'n Hand ümmer noch, harr ein Og up dat Anwäsen von Kirschbaum schmäten. Dei SA-Standortführer un Richter bi't Landgericht, gaut bekannt mit dei Nazi-Böwelsten, kreg dei Villa för 'n Appel un Ei. Dat ierst, wat sien Husmeister in'e Alleestrat 18 daun müsst, wier, ut dat lütt Uhlenlock an mienen Gäwel an ein lang Stang dei Hakenkrüzfahn ruttauhängen. Jedwerein süll seihn, weckein hier nu dat Seggen harr. Von dei „Tügjuden" oewernähm Schroth ahn Bedenken dat Mobilar, dei düren Perser-Teppiche un wat sei süss noch all trügglaten harrn.

Schroth wier 'n fanatischen Nazi, hüll Adolf för 'n Gott un wier an't Gericht as Juden- un Kommunistenhasser bekannt. So'n Ort Gesinnung harr ok sien nieg Nahwer, NS-Bauernführer von Grappen. Sei harrn dat Gefäuhl, dat s' tausamen hürten. Obschonst von Grappen orrig 'n poor Hektar unnern Plaug harr, wier dei NS-Parol „Volk ohne Raum" wat för denn' Adligen. Nah 'n Oewerfall up dei Sowjetunion seten dei beiden ofteins tausamen un von Grappen vertellte oewer sien Dröm von grote Gäuder in dei wieden russ'schen Landschaften. Hei wull dei bolschewistischen Unnerminschen woll wiesen, woans dat denn in dei niegen Gouvernements lang gahn süll. As ümmer mihr von sien Landarbeiter an'e Front müssten, halte hei sowjetische Kriegsgefangene up 't Gaut un pisackte un quälte sei, wo 't blot güng. Sien Fründ Schroth stünn em dorbi giern tau Siet. Beid fäuhlten sick säker. Sei glöwten je an denn' Endsieg, ok noch, as sick nah Stalingrad alls längst wend harr.

As ein Landarbeiter Schroths Husmeister vertellte, wat sick in'n Harwst vierunviertig up von Grappens Gaut afspält hett, würd mi grugen. Twei von dei Kriegsgefangenen harrn ut ein Miet Tüffel stahlen. Kein Wunner, denn sei müssten von morgens bet abends schuften, kregen oewer kum wat tau äten. Dit kem Schroth taupass, nu künn hei ein Exempel statuier'n. Hei trummelte von Grappens Lüd, oewer ok weck von anner Gäuder up 'n Gautshoff tausamen. Unner 'n Latüchtenpahl stünn'n, mit Hänn un Fäut bunn'n, dei Gefangenen up einen Ledderwagen, vör denn' twei Ackerpierd spannt wiern. Sei harrn Schlingen üm denn' Hals, dei an'n Pahl straff fastmakt wiern. Up einen Kastenwagen, gägenoewer, stünn'n von Grappen un Schroth. Dei Richter schreg ierst wat von Kriegsopfer, Volk, Blaut, Iehr un tau'n Schluss, dat Saboteure, dei sick an'e Frontversorgung vergräpen harrn, uphängt warden müssten. Denn läste hei dat Urdeil Wurt för Wurt lut vör un nickte von Grappen tau. Dei knallte mit sien Rietpitsch, dei Pierd tröken an, dei Gefangenen rutschten von'e Wagenkant un hüngen an'n Pahl. Un dat tau ein Tiet, as sowjetische Truppen all in Ostpreußen Faut fat harrn.

As Schroth in'e letzten Aprildaag fiefunviertig denn' Kanonendunner von dei Front all in dei Alleestrat hüren künn, gew hei, wenn ok tögerig, sienen Glowen an'n Endsieg up, packte dat Nödigste in'n Kuffer, let süss alls stahn un liggen, ok sien SA-Uniform, trök dei Husdör achter sick tau un führte mit denn' Benz in Richtung Grappengaut. Dor wull hei sick mit sienen Fründ beraden, wo 't wiedergahn süll. Von Grappen oewer wier nah 'n Westen türmt. Hei säd Schroth nix dorvon, süss harr dei scharpe Hund em womöglich noch tau'n Volkssturm indeilt. Kort vör 't Herrenhus würd sien Auto von Lüd mit rode Armbinn stoppt. Sei harrn Grappens Jagdgewehre in Anschlag. Ahn väl Würd bünn'n sei em dei Hänn up 'n Rücken, tröken em oewern Hoff un spunnten em in denn' Bunker, wur 'n halw Johr vörher dei beiden Kriegsgefangenen in setten harrn. Sei schmeten em ein Bund Stroh hen un stellten 'n Emmer för sien Notdurft in'e Eck. Denn langten sei em noch 'n Knust Brot un 'n Buddel Wader rin un schlöten dei Dör tau.

Dei Rode Armee harr annern Dag dei Stadt innahmen. Poor Stunn späder rullten dei iersten Panzer ok dörch uns' Vörstadt. Ein T 34 scherte ut un kem vör mi tau stahn. Ein russisch Offizier sprüng af, kek sick ierst eins üm un nähm denn uns Hüser in Ogenschien. Ick möt 'n gauden Indruck up em makt hebben, hei wählte mi as Kommandantur ut. Em kem woll taupass, dat ick nich bewahnt, oewer gaut inricht wier un ’n Telefonanschluss harr. Wat sick in’e nehgsten Stunn un Daag in un vör mi afspält hett, kann ’n kum beschriewen. Ein Jeep nah ’n annern hüll vör dei Husdör, Offiziere löpen in’n Draff tau ehren Kommandanten, makten ehr Meldung, halten sick Befähle un verschwünn’n so fix, as sei kamen wier’n.

Abends, as sick dei Trubel leggt harr, hüll mank dei Autos ein Pierdwagen. Babenup seten Schroth, dei Dütschen, dei em fastnahmen harrn un dei russ’schen Kriegsgefangenen von von Grappens Gaut. Ierst as sei em in ein’n Rum an’e Wand stellten, kreg Schroth mit, dat hei in sien eigen Wahnstuw stünn. Ein von dei ehemaligen Gefangenen trök ut dat Revers von Schroths SA-Uniformjack, dei dor noch oewern Sessel leg, dat Partei- un anner Hakenkrüzafteiken. Hei stäkte sei em deip in dei Kopphut von’e Stirn. Schroth schreg up, dat Blaut lep oewer sien Gesicht, man hei müsst an dei Wand stahn bliewen. Ein Soldat hüll em ’n Trummelgewehr unner dei Näs. Näbenan in’n Erker seten achter denn’ groten Eikendisch dei Kommandant un sien Stabsoffiziere. Dorvör dei Kriegsgefangen. Sei vertellten mit wütend Stimm, wat von Grappen un Schroth mit ehr dräwen harrn. As sei dei Henrichtung beschrewen, sprüng ein’ von dei Offiziere up, löp nah Schroth un, bevör em einer trüggholl’n künn, trök hei sien Pistol un drückte dreimal af.

Schroth sackte tausamen un blew up Kirschbaum sienen Perser liggen. Annern morgen rullten Soldaten em in denn' Teppich, schmeten dat Bünnel up 'n Panjewagen un führten nah 'n Kirchhoff.

Drei Johr lang wier ick Kommandantur, denn würd ick Wahnhus. Oewer nich, blot för ein Fomilie, nee, för väle. Dei Wahnungsnot wier grot. Dei Oltstadt leg in Schutt un Asch un ümmer noch kemen Flüchtlinge ut 'n Osten in unsen Urt.

In gaude Erinnerung hew ick disse soeben Johr nich. Üm möglichst väl Lüd bi mi unnertaubringen, würden ut Sperrholt un Papp in dei groten Rüm Twüschenwänn treckt. Wieldat för dei Zentralheizung Kahlen fehlten, schlögen Handwarker Löcker in dei Schosteins, stäkten dor Ruhre rin un nagelten vör dei Kanonenabens Blechplatten up 't Parkett. Bad, Toilett un Hierd müssten sick dei Lüd baben un unnen deilen, oewer ok dei Waschkoek in'n Keller. Wat gew dat allein dorüm för Striet un Larm.

Ok wenn ick dörch disse Ümstänn un dat väle In- un Uttrecken bannig runner kamen wier, dei Park blew verschont. Dat hüng dormit tausamen, dat dei Kommandant, as hei nah dei Kasernen ümtrök, denn' Burmeister harr weiten laten, hei süll up denn Park 'n Og hebben. Dei Anlag wier Kulturgaut, dat hei späder säker noch bruken künn. Dit harr sick rümspraken un dorüm würd twors männigein Bom üm rüm tau Füerholt makt, man keinein ut denn' Park. Dei Lüd harrn vör dei olivgräune Uniform Bang un keinein wull nah Sibirien.

In'e Midd von dei föftiger Johr harr dei Rat der Stadt beschlaten, dat ick Kinnergorden warden süll. Wo bi mi weck utreckten, kemen kein' niegen Meider wedder rin. Bald stünn ick leddig un dei Handwarker rückten mi tau Liew. Hett bald 'n Johr duert, oewer denn wier ick binah wedder in denn' oll'n Taustand. Dei Erker würd, as ümmer all, „Büro". Denn' harr dei Leiterin un ehr „Tanten" in Beschlag nahmen. In dei hell sträken Rüm stünn'n nu oewerall Kinnerbedden, Spältügkisten un wat süss noch för dei Lütten anschafft worden wier. Dei Zentralheizung funktionierte wedder un dei grote Koek in'n Keller harr nieg Fliesen krägen. An'n schönsten wier oewer dei Park worden. Dei Handwarker harrn mank dei muerten Pieler nu Jägertunfeller sett, twüschen dei schönen hogen Böm Sandkisten tausamen nagelt, Rutschen un Schaukeln bugt un dei Gärtner niegen Rasen seid. Üm Gefohren för dei Kinner aftauwenn, flöt dei Ihlengraben nu unner dei Ierd lang un dei Fischdiek wiern mit Kies tauschütt worden. Vörn an mienen Gäwel, wo einst dei Nazifahn ut 't Ulenlock hüng, stünn nu: „Kindergarten Haus Sonnenblume". Von'n iersten Dag an, as dei Kinner bi mi intreckt sünd, hew 'k mien helle Freud an ehr hadd, ok wenn eins rort orer quengelt würd, so sünd Kinner nu mal. Un obschonst Kirschbaum mi dunnmals je hett bugen laten un hei mi hägt un plägt hett, möt ick seggen, mien schönsten Johren wiern doch dei as Kinnergorden. Harr woll ok so wiedergahn künnt, wenn nich dei Wend kamen wier.

Arbeitslosigkeit, wenig Verdeinst un in so'n leege Tieden Angst vör 't Kinnerkriegen, dor würd bald kein Kinnergorden mihr brukt. Ierst stünn ick leddig. Denn wier ick Lager för 't Gräunamt von'e Stadt. Tau'n Verkop künn s' mi wägen unklore Vermögensverhältnisse nich anbeiden. Ierst as dei Enkelsöhn von Winkelmann dei Villa von sienen Grotvadder wedder trügg kreg, sien Kanzlei an'e Alster schlöt, üm hier in'e Alleestrat nieg antaufangen, ded sick wat. Em stürte, dat näben sien Hus so'n runnerkamen „Katen" mit 'n verwohrlosten Park stünn. Hei telefonierte rüm un kreg bald rut, dat von dei Kirschbaums kein Nahkamen mihr läwten, un dormit von dei Siet kein Anspruch up Hus un Grundstück bestahn künn. As Winkelmann sienen Fründ „Immo-Wulff" tau Besäuk inlad harr un denn' sien BMW, mit dat HH Kennteiken, mi gägenoewer parkte, hett dei sick up 'n iersten Blick in mi verkäken, dat heit weniger in mi, as in denn' Park. Naja, dei Geschicht kenn'n Sei je.

Wenn Wulff mi nu afrieten lett, un ick glöw, dei Halunk schafft dat, denn bün 'k man grad 103 Johr olt worden. Ut minschliche Sicht mag dat woll babylonisch sin, oewer för 'n Hus is dat doch kein Öller?!

WORÜM GIWT DAT IN ROSTOCK EIGENTLICH KEIN JOHN-BRINCKMAN-MUSEUM?

Is je väl scheiw lopen bi dat dütsche Einigungsspektakel. Oewer von ein Sak profitier'n beide Sieden: Dei Tun is weg un wi könn'n von'n Osten nah'n Westen orer von'n Westen nah'n Osten führ'n, sováäl, as wi will'n.

Mit 'n Trabant wullen mien Fru un ick dunnmals nich los. Man as wi uns denn' Escort tauleggt harrn, gew 't kein Holl'n mihr. Un instinktiv hebben wi dat richtig makt: Wi hebben uns dei Alpen ankäken, sünd up 'n Rhein rümschippert un an't Äuwer von'n Bodensee langführt, dat heit, wi hebben ierst dei langen Strecken trüggleggt. Nu, wo wi Rentner sünd un kein grot Lust mihr hebben, denn' ganzen Dag achter 't Stüer tau sitten, gahn wi öfters eins up Entdeckungsfohrt bi uns in Mäkelborg-Vörpommern orer führ'n ok tau uns' Nahwers in Neddersachsen orer Schleswig-Holstein.

Körtens säd mien Fru tau mi: „Wi sünd nu all soväl dörch dei Gägend führt, oewer Ebb un Flaut hew ick noch nie nich mit eigen Ogen seihn."

Dit löt ick mi nich tweimal seggen, sett'e mi an'n PC un fünn in't Internet ok gliek, wat ick söchte. Annern morgen wier uns' Reis in dröge Däuker. An't

Wochenend führten wi in 't Dithmarsche un nehmen in Heide Quartier. Gliek an'n iersten Dag seten wi an'e Nurdseeküst, sehgen wur dat Wader von't Land weglöp, dat Watt tau'n Vörschien kem un dat nah 'n poor Stunn dei See ielig tau't Äuwer trügg löp, üm fix dat wedder unner ehr Fuchtel tau kriegen, wat sei vördem friegäwen harr. Is je 'n dull Stück, wat ein'n dei Natur dor vörspält. Un dei Mand sall dei Regie dor bi hebben, kum tau glöwen!

Fief Daag sünd wi dörch dat schöne Land führt, hebben Picknick an'e Eider makt, Krabben in Büsum äten un in 'n Nurd-Ostseekanal spuckt. Sünd nette Minschen dor un is 'n schön Stück Ierd, Schleswig-Holstein, binah so schön as Mäkelborg-Vörpommern.

Den'n letzten Dag sporten wi uns för Heide up, denn' Urt, wur eins dei Dithmarsche Buernrepublik ehr'n Sitz harr, dei denn' gröttsten Markt in Europa hebben sall, un wur 1819 Klaus Groth burn is un lange Johren läwt hett. För Lüd, wecker dat nich weiten: Klaus Groth is för dei Heider dat, wat för uns Rostocker John Brinckman bedüd.

Dei Besäuk von't Klaus-Groth-Museum up dei Museumsinsel wier uns' letzt Station in Heide. Kann sick seihn laten, wat dor oewer denn' groten plattdütschen Dichtersmann tausamendragen worden is. Dat Museum is 'n Schmuckstück. Dor könn'n dei Heider stolt up sin.

As wi up dei Trüggfohrt wiern, spröken wi oewer uns' Urlaubsbeläwnisse un miteins frög mien Fru mi: „Worüm giwt dat in Rostock eigentlich kein John-Brinckman-Museum?“

Je, worüm eigentlich nich? Ick künn ehr kein Antwurt gäwen. Weiten Sei ein?

Schnack mit 'n Holunnerbusch

Wenn 'k seih, dat mank dien Blädergräun
Dei breiden Dolden schneiwitt bläuhn,
Is Sommeranfang nich mihr wiet
Un ick denk an mien Kinnertiet.

Dat ierst Geschenk von di, dat wier,
Ut Bläuhden makt, „Holunnerbier".
Dei Groten drünken dat mit Sekt,
Uns hett dat ok mit Selters schmeckt.

Mit dien gräun Beeren, dat möst weiten,
Löt 't gaut sick dörch ein Blasruhr scheiten.
Wi seten achter di versteckt
Un hebben dormit lütt Mäten neckt.

In'n Harwst hest uns dei gröttst Freud makt.
Wat würd alls ut dien Beeren kakt!
Besonners gaut ded mi dei Saft.
Hei gew mi bi Verküllung Kraft.

Ok dat Gelee wier wat för mi.
Man ein Deil nich, dat segg ick di.
Dei Mammelad künn 'k nich verknusen,
Wäg'n all dei Karns mank miene Kusen.

Man nu will ’k sachten wiedergahn,
Hew langen naug hier bi di stahn.
Ick kam bald wedder eins vörbi.
Un nu tau’n Schluss, dor segg ick di:

So’n Busch as du, is tau beneiden.
Stellst kein grot Ansprüch, büst bescheiden
Un schenkst uns Johr för Johr dien Frücht,
Woför ’k mi recht bedanken mücht!